JN246485

毒母育ちの私が家族のしがらみを棄てるまで

越田 順子

彩図社

少し昔話をしましょう。

あるところに母と姉からこんな言葉を聞かされ続けて成長した娘がおりました。

「お前が生まれることは誰からも歓迎されていなかった。周りの人からは堕ろせって言われたけれど、お父さんが産めって言ってくれたからお前を産むことができたのよ」

「あんたは大きくなったら、大学を出て親の面倒をみるのよ。私は結婚して名字を変えるからね」

それは、呪いの呪文として娘の心に深く突き刺さっておりました。

毒母育ちの私が 家族のしがらみを棄てるまで——もくじ

第1章

「産む子を間違えた」と母は言った

◇「妹なんだから我慢しなさい」と言われ続けた子ども時代

我が家は祖父母と両親、姉、私の六人暮らしだった。と言っても、私は幼稚園に上がるまでは病弱で、1年の半分を病院で、残り半分を鍼灸医だった祖父の治療を受けるため母の実家で過ごしていた。1歳になる前に死にかけて、医者から、「この子はいる子かいらん子か」と聞かれたことがあったという。

私の一番古い記憶は、いつも入院していた病院でのできごと。暗くて長い廊下と三畳ほどの畳の部屋。当時はまだ完全看護ではなかったから、私が入院するときはいつも母が付き添っていた。何度も繰り返す入院に家族が見舞いに来ることは全くなかったと母は言っていた。だからだろうか、父が見舞いに来てくれた時のことははっきり覚えている。

私は父が病院に来てくれたことがうれしくて、舞い上がっていた。父が持ってきてくれた、お菓子の入ったきれいで丸い缶を、いつも遊んでくれるお姉さんに見せたくて、うす暗い廊下をかけていった。父が訪ねてきてくれた喜びをその子に伝えたかった。

「見て。見て。この缶、きれいでしょう。お父さんが持ってきてくれたの」

私は一生懸命、私が今どんなにうれしいか話をして、お姉さんにお菓子を一緒に食べようとさそった。彼女はちょっと困ったような顔をしてろくに私と話をしてくれなかった。そこに血相を変えて母が飛び込んできた。無理やり私を病室に連れ戻すと、

「糖尿病の子にお菓子を見せびらかすなんて。どういう神経してるんだ」

ものすごい形相で怒っていた。私はその子がどんな病気で入院しているかなんて知らなかった。だいたい、幼稚園にもあがっていない子どもに、糖尿病がどんな病気かなんて理解できるはずがない。私には自分がすごく悪いことをしたという思いだけが残り、久しぶりに父に会えた喜びはかけらも残っていなかった。

父方の祖父母が私の記憶に登場するのは、幼稚園に上がってから。家族の風景として覚えていることと言えば、祖父が夕方仕事から帰ってくるとそのままテレビの前に陣取り相撲を見ていたこと。父も5時頃には帰宅し、祖父と一緒に相撲観戦をするのが常だった。二人ともほとんど口を利かずただ取り組みを見ていた。食事の後、祖父と父は時々晩酌をし、二人にお酒を注ぐのが私の役割だった。父と祖父はとても私をかわいがってくれていた。

祖母はとても躾に厳しく、食事中に足を崩したり肘をついたりするとそのたびに何も言わずぴしゃりと手が伸びてきた。食事中は話をするのはご法度。家族そろってただ黙々と箸を進めていた。家の中で少しでも騒ぐとうるさいと怒られた。

私は祖母が苦手だった。そばに行くとよく、「あっちへ行け」と言われたこともあるが、何かにつけ芳子(よしこ)、芳子と2歳上の姉だけをかわいがっていると感じていたこともその理由だった。

母が私と一緒に家にいない間、姉は祖母に育てられていたから当然だったかもしれない。姉にだけおもちゃを与える、姉の希望を優先する、私がちょっとでも口答えしたり文句を言ったりすれば、「妹のくせに」「妹なんだから我慢しなさい」と私を叱った。

それでも裁縫が得意で、機嫌のいい時は、ワンピースやブラウスを作ってくれた。どんなデザインがいいか聞いてくれた時には、私はレースをつけてほしいとか、段をつけてと希望を言うことができた。

祖父母が会話らしい会話をしているのを見た記憶は全くなかった。ほとんど口を利かず、たまに祖母が祖父に向かって文句を言うくらい。祖父はいつも黙って聞いていた。

私たち姉妹は祖父母と一緒に寝ていた。母の話によると祖父と私は、毎晩手をつないで寝るくらい仲が良かったらしい。その祖父が病気になり、手術のため入院した。どのくらい祖父が入院していたかは分からない。ある日父と一緒に祖父の見舞いに行った。ベッドで横たわる祖父が手を差し出して、

「順子(じゅんこ)、握手しよう」と言った。

照れたのか恥ずかしかったのか怖かったのか。いつもと違って元気のない祖父の姿に、「おなか切った人はいや」と父の背に私は隠れた。ちょっと寂しそうだった祖父。

「久しぶりに会って照れているんだろう」と笑い話にしてくれた父。

それから一度退院してきたけれど、しばらくしてまた入院した祖父はそのまま帰らぬ人となった。

次に覚えているのは、家族で出かけたデパート。

欲しい本を前にして「これが欲しいの？」と聞く父に、頑なに「いらない」と繰り返し答えた。心の中で「うちは貧乏なんだから親に余計なお金を使わせてはいけない、お姉ちゃんみたいに欲しいものを欲しいと言ってはいけない」と何度も自分に言い聞かせていた。

本当はとてもその本が欲しかったけれど、親に余計なお金を使わせてはいけないと思い込んでいたから、私は欲しいものを我慢しなくてはいけないと思い込んでいたから。

今思えば裕福とはとても言えなかったが、父は定職についていたのに、なぜあんなにもお金がないと思い込んでいたのか分からない。父がお金のことを幼稚園児に話すはずはなかった。

家を建てたばかりだったから母か祖母から借金のことでも聞かされていたのだろうか。それとも母から母の幼少期のことを聞かされて、自分のことのように受け止めたのだろうか。母の実家はそれこそお金に苦労をして、給食費さえ期日に持って行ったことがなくてクラスメイトに馬鹿にされていたとか、母の姉が大病の末に死んだことで大きな借金を抱えたとか、ともかくずっと貧乏だったと繰り返し聞かされていた。小さいときに病院で同じ話を聞かされていたのだろうか。

デパートへ出かけた後しばらくして、父が私と姉に本を買ってきてくれた。

「この本が欲しかったんだろう」

そう言って差し出してくれたのは、デパートで見ていた人魚姫の絵本。うれしくて大事に何度も繰り返し読んだ。

ところがある日、私が本を開くと、人魚姫が足を得た岩場のシーンに紫色のクレヨンで大きく渦巻が書き込まれていた。

大切な本が汚された。我慢できずに泣き叫ぶ私に、「我慢しなさい」と叱る母。姉の絵本についていた小さな印刷の汚れを私がやったと思い込んだ姉の仕業だった。父は、姉に向かって、「順子が本を汚すわけがないだろう。この子がどれだけ本を大事にしているか知らないわけではないだろう。なんで妹を疑った」そう言って私の気持ちを代弁してくれた。

「ここまで汚されたら、どうしようもない。諦めて泣きやめ」

父は泣き続ける私に声をかけた。


小さい頃のことは覚えていないが、私は姉に付きまとっては邪魔にされたり一緒に仲良く遊んだり、たぶん世間一般の姉妹と大差ない関係だったと思っていた。

ただ、私は幼稚園に上がるまでの大半を母と二人だけで過ごしていたから、姉にしてみれば母がいつも家にいないのは私のせい。だからなんとなく姉に好かれていないと感じ、姉の機嫌を損ねないよう逆らわないように気をつけていた。姉は怒ると一切口を利かなくなった。誰の目にも怒っていることが分かるから、周りのほうで気がついて姉の思い通りになることがよくあった。いとこもよく言っていた。

「順子は怒っても全然怖くないけれど、芳子は怒ると何日でも口を利かないから、怒らせるのが怖い」

ある日、いとこの家に何日か泊まって家に帰ってきたら、母の分のヤクルトを姉が飲んでしまっていたことがあった。

「家族でも勝手に人のものを飲むのはおかしい、お姉ちゃんは初めにいらないって言ったじゃないか」

初めて家族の行動に文句を言った。文句を言う私は祖母に叱られた。

「心の狭い子だね。いなかった人の分を飲んで何が悪い」

正しいことを言っていると信じていた私は悔しくて、泣きながら部屋に閉じこもった。しばらくして母がドアを開けて顔を覗かせた。母は泣いていた。

「お母さんのことを思うならおばあちゃんに謝って」

私が部屋に閉じこもった後、祖母は一層母を責めたのだろうと思った。私たちが祖母の気に入らないことをすれば、祖母はいつも、「あんたの育て方が悪いせいだ」と母を責めていた。私は母の立場がとても弱いものだと知っていた。

もっと立場の弱い私は、正しいと信じたことでも自分の意見を言ってはいけなかったのだということを、聞かれない限り自分の意見や気持ちを家族に話してはいけないということを、この日学んだ。

私のせいで母が泣いた。このことがきっかけだったように思う。いつしか、自分が我慢するのは当たり前、私さえ我慢していれば争いは起こらない、と思うようになっていた。幼いながらに私は、与えられたものだけを受け入れることを覚えた。

どんなに欲しいと思っても、与えられるまでは我慢した。自分からは決して欲しいとは言わなかった。家の空気が言わせなかった。

祖母と姉の機嫌を損ねないよう気を使い、周りの目を気にし、家族をイラつかせないように小さくなって、自分の意見を主張するなんて二度と考えず無駄口をたたかない「いい子」でいることを当たり前と考えていた。

下の子の例にもれず私も姉が怒られるのを見て、父や祖母に怒られないすべを学んでいった。姉の失敗を見ている分、大人受けは私のほうがよかったから姉が面白く思わなかったとしても不思議ではない。

そんな私を子どもらしくない、大人の顔色をうかがう子と評す人もいたが、それは家族に否定されないために自然と身に付けた処世術だった。

小学校入学のために学用品を買いに行った時には、姉の頃より機能性の高いものが出ていたが机も鉛筆削りもなにもかも、姉は自分のものより優れているものを買うことを許さなかった。

「私はそんなの持っていない」

この一言で、私は姉と同じ型の古いバージョンですべての学用品を揃えなければならなかった。その後も当然のように、絵の具セット、書道道具、裁縫箱、何もかも、クラスの大半が新しいバージョンを持つ中で古い型のものを使用した。そんな道具を使用したのは、クラスで私一人だけではなかったから、授業のたび惨めな思いを抱きながらもそれを仕方がないことと受け入れてもいた。そんな気持ちを抱えていたことを親に言ったことはなかった。

我が家では、一つしかないものは姉のもの、という暗黙のルールがあり二つあれば私も貰えた。「どっちが欲しい」二つあるときは必ず聞かれた。私は姉の機嫌を損ねないよう、いつも姉が欲しがらないほうを予測して選ぶようにしていた。たまたま、予測がはずれて姉と同じものを選んでしまった時には、「やっぱりこっち」と別のほうを選んだ。たとえば、ピンクとブルーのリボンがあって、好きなほうを選びなさい、と言われたら、姉はピンクを選ぶだろうからブルーを選ぶ、という風に。自分の好みは関係なかった。私の基準は、「姉が欲しがらないほう」それだけだった。

そして、新しいものも姉のもの。父がカセットレコーダーを買ってきたときもそうだった。当然それは姉のもの。たまに貸してはくれたけれど。数年後父がもう一台買ってきたとき、新しいものは当然のように姉のものになり、姉が使っていた古いほうが私のものになった。我が家ではそれが当然のことだったから、私は自分専用のレコーダーができたことを単純に喜んでいた。

家で何も言えない分、幼稚園でも小学校でも私は周りの気持ちを考えずに自分の意見を主張した。5月生まれで同学年の中では体格もよく、先生からもしっかりした子と評価されていたと思う。

低学年まではそれで通ったが学年が上がるたびに友達を作るのが難しくなった。私は、小さい頃を病院で本を読んで過ごし、同年代の子と接する機会がなかったせいもあり、友達の作り方を学ばなかった。

祖母から家が汚れるから友達を家に連れてくるなと言われていたし、やっとクラスで少し親しい子ができても、あの子の家は片親だから、あの子は成績が悪いからと祖母はすぐ批判した。そんな子と遊んじゃいけません、と何度言われたか分からない。

母からはいつも、「遅いことなら誰でもできる」と言われていた。母は結構せっかちな性格だったが、祖母に育てられた姉は何をするにも時間がかかりいつも母をいら立たせていた。私はそれを見ていたから、母の気に入るよう下手でもなんでも素早くやり終えるようにしていた。きれいな字を書くことよりも書き取りのマスをはやく埋める、先生が授業の最後に宿題を出している間にその宿題をやり始めるという風に。

小学校2年生からは、姉に付き合わされて週に3日もそろばん塾に通わされていた。

姉は小学校に入るとオルガンを習いたいと言いだし、教室に通うも1週間も続かずやめてしまった。だから、父が4年生になった姉をそろばん塾に通わせる時、今度は続けさせるため、2年生の私を一緒に通わせた。塾には姉の友達が何人も通っていて、姉は楽しそうだったが、私は一人ポツンと知らない大きなお姉さんたちに囲まれてそろばんをはじいていた。


姉が5年生になると、両親は姉に食後の片付けを手伝うように言った。

「順子がやらないのに、なんで私だけ手伝わなきゃいけないの」

姉が不満を口にすると、両親はまだ3年生だった私にも姉と交代で片付けを手伝うよう命じた。お姉ちゃんは3年生の時には、何もやっていなかったのに、と一瞬思ったが私には従うことしかできなかった。

姉は、3年生と5年生、学年が違うから小遣いの額が違うことには当然という顔をしても、こういうことには平等を主張した。

姉は中学生になった時に、そろばん塾からも片付けからも解放されたが、私がそのままそろばん塾に通い片付けを手伝うことは家族にとっては自然のことだったようだ。

小学生の頃は、いつも一人だったように思う。学年が上がるにつれ、私は周りから嫌われているように感じ、なおさら人に話しかけることができなくなっていた。

夏休みには、ラジオ体操、町会対抗のドッジボール大会、夏祭りの山車磨き、注連縄はり、毎日のように町内の子どもが集まっていた。みんなと同じようにしているつもりなのになぜか疎外感を抱いていた。

無視されるのが嫌で、自分をアピールするとなおのこと無視されていく。理由は分からなくても嫌われていることだけは分かった。グループ分けをすれば最後まで残った。ドッジボールをすれば、ほかの小さい子は時々ボールを回してもらえるのに私だけはボールをもらったことがなかった。

なぜ他の子は気にかけてもらえるのに私だけがのけ者になるのか、理由は分からなかったけれど姉さえもかばってくれないのだから孤立感は増すばかりだった。

いつも遊び相手がいないから、暇があれば本を読んでいた。

小学生の頃夢中になって読んだのはアルセーヌ・ルパン。だけど何度も思い出すのは、ジュール・ルナールの『にんじん』。家族から赤毛を理由ににんじんと呼ばれている少年の物語だ。

にんじんの母は、メロンを食べるときにんじんの分を切らない。「この子はメロンが嫌いなんですよ」と言って。にんじんは、「うん。お母さんがそういうなら僕はメロンが嫌いなんだ」と答える。だけど、母親と姉、兄が食べたメロンの皮をうさぎ小屋に持っていくのはにんじんの仕事。にんじんはうさぎ小屋で、家族の食べ残したメロンを皮が透けるほど食べてから薄くなった皮をうさぎにやる。

夜中にトイレに行きたくなって、ベッドの下にあるはずのおまるを探す。どんなに探しても見つからなくてパニックを起こしたにんじんは、我慢できなくなって粗相をしてしまう。翌朝母親に叱られ、必死でおまるがなかったことをにんじんは訴える。自分が置き忘れたことに気づいた母親は、おまるを持ってきてベッドの下に置いてから、「ここにちゃんとあるじゃないか、うそをつくんじゃない」、とにんじんを責めた。

兄弟はいつも叱られるにんじんをにやにや見つめ、母親と一緒に馬鹿にするだけだった。

ラストシーンでにんじんは湖に入っていく。引き上げられたにんじんの遺体にすがりつき泣きながら、もっと優しくすればよかったとか後悔を口にする家族のシーンで物語は終わる。私は、家族の中で疎外感を抱くにんじんに自分を重ね合わせていた。

それから、シャーロック・ホームズの短編集。タイトルは忘れたけれど、女性がホームズに行方不明になった恋人を探してほしいと依頼にくるストーリーがあった。

ホームズが解いた結末は、女性には、親から受け継いだ資産があり結婚するまでは義父がそれを管理している。彼女が結婚すると義父は遺産を使えなくなるから、彼女に恋人ができないよう、自分が恋人になり姿を消した、というものだった。

義父とはいえ、親が自分の生活のため子の結婚を阻止する、という設定がなぜか強く心に残った。

我が家の夕飯にカニが出た時、母は「順子はカニが嫌いだから」と姉と私のために別のおかずを作った。「少し食べるか」そう言って父は姉にカニを食べさせる。それがすごく羨ましかった。当時の私にはカニを食べた記憶がなかった。当然カニの味は知らなかった。だけど母がそういうのだから、私はカニが嫌いなんだと思い込んでいた。

初めてカニを食べたのは、勤めてからのことだった。生臭くてまずかった。だけど次に食べたカニのグラタンはとても美味しかった。手を加えたカニなら食べられるのか、と思ったけれど、それからもずっと、カニは嫌いなんだと思い込んでいた。周りにも嫌いなものは、メロンとカニ、と言い続けていた。

真実を知ったのはずっと後のこと。子どもの頃我が家は夕飯がカニの時は、ほかにおかずがなかったらしい。カニだけで食事を取るのが母にはとても苦痛で、娘をだしにすればほかのおかずを作ることができて、自分は子どもと一緒に、子どものために子どもと同じおかずを食べるいい親を演じることができた。だから私をカニが嫌いということにしたのだった。

母から真実を聞いてはじめて私はカニを食べられるようになった。

母はいつも、

「お前は本当にどんな時でも泣かないいい子だった。予防接種のときほかの子は泣き叫んでいたけれど、私が注射は痛いものだと先に言い聞かせていたから、お前は一度も泣いたことがなかった。いつも先生や看護婦さんに褒められていた」

「お前は身体が弱かったから、いつも私はお前のみそ汁にだけ油を入れていた。お前が元気になったのは毎朝のみそ汁のおかげでもあるわよ」

母が私のためにいっぱい気を配ってくれていたことをよく聞かされた。そのたびに母にそれだけの負担をかけたことに申し訳なさを感じていた。

小学校の3年生か4年生の時だった。クラスでお年玉の額やお正月に集まる親戚のことが話題になったことがあった。兄弟で協定を結んでお年玉を貰えないとか、親戚が集まると小さい頃のことをいつも話すおじさんがいるとか、赤ちゃんの頃の恥ずかしい写真が残っているとかそんな話だった。親戚が少ない私にはどの子の話も別世界のことのようだった。

家に帰ってから、自分の赤ちゃんの頃の写真を探してみた。姉の写真は山のように見つかったけれど、私の写真は一枚もなかった。幼稚園に上がってからの写真が数枚見つかっただけだった。

「私のもっと小さい頃の写真はないの」

母に聞くと、赤ちゃんの私だけが写った写真を一枚出してきた。

「この写真は、私がお金を出して写真館で撮ったものよ」

「なんでこれしかないの」

「芳子は初めての子で、お父さんはいつもカメラを用意していたけれど、順子は二番目だったからね」

家にほとんどいなかったし、写真がなくても仕方がないかと思ったけれど、それがきっかけになったのかしばらく経ってから、母が私に生まれた頃の話を聞かせてくれた。

「お前を産むことを周りはみんな反対したの。堕ろせって言われたけれど、前の年にも子どもを堕ろしていたからもう堕ろすのはいやでね。お父さんが産め、って言ってくれたからお前は産むことができたの」

「お前の産み月にはおばあちゃんに大掃除をさせられた。大きなおなかで畳を担いだときに近所の人が子どもをだめにする気かと陰口をたたいていた」

私は、初めてその話を聞かされた時、ああ、そういうことか、それならば、幼い頃の写真がないのも、いつも妹のくせにと我慢させられたのも当然だなと妙に納得した。と同時に生まれてきたことを認めてもらわなくてはいけない、と強く思った。

だけどその反面、私は生まれてきてはいけなかったのだという思いが心の中に積み上がっていった。そして、誰からも歓迎されていないのに、周りの反対にさらされても私を産んでくれた母への感謝の思いを感じた。母は私のせいで、祖母にきつく当たられていたのかと申し訳なさでいっぱいになった。

姉が突然、「あんたは大きくなったら、大学を出て親の面倒をみるのよ。私は結婚して名字を変えるからね」と言い始めた。クラスで名字をバカにされたのがきっかけだった。同じように私もからかわれたことはあったけれど、私は自分の名字が嫌ではなかったし、姉が言うならそうしなきゃいけないんだなと何の疑問もなく受け入れた。

小学生の私には家を継ぐこと、親の面倒をみることの本当の意味は分かっていなかった。私は家を継ぐことで自分が生まれてきたことを認めてもらいたかった。「この子を産んでおいて良かった」と言ってもらいたかっただけなのかもしれないけれど。

姉が何度も繰り返し、結婚して名字を変えると言ったことに父も母も何も言わなかった。いつの間にか私が跡を継ぐことが決まりごとのようになっていた。だからといって跡継ぎとして優遇されたわけでもなかった。

その後、私が何か母の気に入らないことをしたのだろうか。

「堕胎する子を間違えた、前の年にできた子は男の子で跡継ぎになるはずだった、その子を産んでおけばよかった。芳子と年子になるからと無理やり堕ろさせられたのが間違いだった」

その後も、繰り返し、「お前を産むことは誰も歓迎していなかった、産む子を間違えた」と母の後悔の言葉を聞かされた。私を産んだ後、避妊手術をして子どもを産めなくなったとも聞かされた。

そんな話を母に聞かされるたび、産んでよかったと言ってもらえる子どもになろう、存在を認めてもらおうと必死で親にとって都合のいい子をやっていた。

姉の姿を見て何をやったら叱られるかを学び、どうすれば大人に褒めてもらえるかをいつも考えるようになっていた。小さい頃から姉のように髪を伸ばすことは許されず、写真に写る十歳くらいの私はまるで男の子。兄のことを聞いてから、私の存在を少しでも認めてほしかったから、意識的に男の子のようにふるまっていた。

一度だけ少しでも髪を伸ばしたくて、一人でお店に行ったとき、襟足を切らずに1センチ程残してもらったことがあった。店から帰った私を見て、祖母は烈火のごとく怒り、切らずに残した髪を引っ張り、

「こんなに長くしてどうする。お前は芳子と違って髪を伸ばしても似合わない。もう一回切ってこい」

泣きながら、「ごめんなさい、ごめんなさい」と祖母に謝った。今度は母が付き添って店の人に事情を話し、いつものように髪を刈りあげられてしまった。

私と姉は二つ違いだったから何かというと比べられて育った。近所の人から、「お父さんにそっくりね」と言われることが私にとって最大の褒め言葉だった。父から受け継いだ二重瞼、くせ毛、父と似たところが大好きでそれだけが私の自慢だった。

初めて死のうと思ったのは、私の出生にかかわる話を聞いた後だった。直接のきっかけが何だったのか、理由は全く覚えていないけれど、これ以上生きていてはいけないのだと思い込んだ。当時のテレビドラマでは自殺と言えば薬を飲んでいたから、どんな薬でもたくさん飲めば死ねると思い込んでいた。睡眠薬なんて知らないし、家の薬瓶を持ちだして部屋で丸ごと飲んだ。だけど水を用意するのを忘れたからうまく飲み込めなくて、苦くてすぐに吐き出してしまった。数日後、今度はカミソリを持ちだして手首を切ってみた。血が手首を伝い落ちた。怖い、慌てて窓に駆け寄り、窓から手を出して屋根瓦に落ちていく血を見つめていた。そして、私は死にあこがれを感じるようになった。

成長期になった私の身体はどんどん変化していった。姉の身長を追い越して胸も少しずつ膨らみだした。

初潮を迎えた時、私は何か変な病気にかかったのかと思った。学校での性教育の授業のずっと前のことだった。突然下着が真っ赤になっていた。乾いた血の上に血が重なってどうしていいか分からなかった。

私死ぬのかなとの思いが一瞬よぎったが、誰にも知られたくなくて、部屋に汚れた下着を隠した。新しい下着もすぐに真っ赤になった。それをまた隠して下着をはきかえた。2、3日経って部屋から変なにおいがするのをいぶかしんだ母が私のいない間に部屋を家探しして隠してあった下着を見つけた。

学校から帰るなり母が駆け寄ってきて、

「こんな風になったら、言えって言っておいたでしょ。部屋が変なにおいがすると思ったら。何で言わなかったの」

いきなり叱りつけられた。そんなこと何も聞いていない、心の中で反論しながらも母に言えた言葉は「ごめんなさい」の一言だけ。

母はぶつぶつ言いながら、ナプキンの使い方を教えてくれた。こんなことがこれからずっと毎月あると聞かされて、なんだか暗い気持ちになった。


その後、もともと小学生にしては背が高かったところに胸が大きくなり、150センチでランドセルを担ぐ姿は滑稽でしかなかった。自然と猫背になり胸を隠そうとした。教室で男の子たちの視線が気になった。何人かのクラスメイトとともに、胸の大きいことをからかわれ好奇の的にされるのがすごく嫌だった。

ある日、クラスで人気者の男の子が私に近寄ってきた。またからかうのかと思っていたがなんだかいつもと様子が違った。真面目な顔ですごく言いにくそうに、

「お前、ブラジャーしろよ」

そう言うとさっと離れていった。

確かにほかの胸の大きな女の子は、もうブラジャーをつけていた。私も欲しかったけれど、母に物をねだるなど思いつきもしなかった。

学校から帰って母が一人になるのを待って、勇気を振り絞って母に言った。

「ブラジャー買って」

たぶん人生で初めて、物を買ってほしいという母へのおねだりだった。

こうして私は子どもから大人の身体になっていった。

私が肉体的に成長していた時、中学生になった姉は精神的に成長していった。

姉は中学生になった頃から家族より友人を優先するようになっていた。祖母に叱られても、家に友人を連れてくるようになった。私は、姉の友人の関心を引きたくて、お菓子を持っていったり愛嬌を振りまいたりした。友人たちが私を構うのが姉には面白くなかったのかいつもすぐに部屋から追い出された。

だけど、演劇部で心酔する先輩の家に遊びに行く時、たまに私を連れて行ってくれる優しさも

あった。先輩は笑顔が素敵で美人、とても魅力的な人で中学を卒業したら芸能界に入るため上京するのだと聞いた。たぶんこの人との出会いが姉を大きく変えた。先輩は私にも優しくしてくれ、帰り際部屋にあった大きな犬のぬいぐるみを姉と私にくれた。私たちはそのぬいぐるみを胸に抱えて家まで帰った。先輩が東京に行くまでの間、姉から聞く話はほとんどがこの先輩がらみのことだった。

6年生の時、何が原因かは覚えていないが中学生の姉と大喧嘩をした。取っ組み合いの喧嘩の末、

「出ていけ。お前なんかうちの子じゃない」

姉に、玄関から放り出された。雨の中泣きながら近くの公園に行った。帰るに帰れず、トンネルのようなところでずっと泣いていた。1時間以上は経っていたのだろうか。父が私を見つけて家に連れ帰ってくれた。父に手を引かれて、黙って歩いた。辺りはもう真っ暗になっていた。

姉が本気で怒ったときの怖さが身に染みて、この後一度も姉に逆らったり文句を言ったりできなくなった。テレビを見て、好きな芸能人ができても姉がどう思っているかが分かるまで、好きだという素振りは見せなかった。姉が好きな芸能人は自分も興味があるふりをした。姉がこの人いいよね、と言ってはじめて私もいいと思っていたと言うことができた。

◇父の単身赴任

私が子ども時代をそれなりに安心して楽しく過ごせたのは、父が慈しみ守ってくれていたからだと思う。

その父が私の中学入学と同時に九州に転勤することになった。最初は家族みんなで行く予定だったが祖母の反対で結局単身赴任になった。私は出発の前日に交わされた両親の会話を今でもはっきり覚えている。

夕飯が終わり、みんなでテレビを見ていた時のことだった。片付けを終えた母が入ってきた。

「明日は、見送りに行かなくてもいいかしら」

「恥かくぞ」

と小さな声でぽつりと父が返した。

「やっぱり転勤するくらいで見送りに行くなんて変よね。行かなくていいわね」

明るく弾んだ声で母は軽く答えた。

「見送りに来なければ恥をかくと言っているんだ」

私は学校を休んででも見送りに行きたかったけれど、我が家では病気以外で学校を休むなんて許されなかった。保険の外交で自由に時間を使えるのに、これからしばらく父は家を空けるのに、父を見送ろうともしない母の気持ちが理解できなかった。だけど、それは子どもが口をはさめる問題ではなかった。

父のいないことはすぐに当たり前になっていった。ただ、私の気持ちを聞いてくれる人がいなくなって、私は家族の中で孤立した。いや、父という要を失って家族がバラバラになっていった。

父は電気工学を学んでいたので、電気製品の設置はお手の物。テレビのアンテナも屋根に上って自分で設置するような人だった。

私の読書好きは父譲り。中学生の頃からよく父の蔵書を借りて読んでいた。勉強でも何でも父に尋ねて答えが返ってこなかったことはなかった。

趣味も多彩でいろいろなことに興味を持っていた。たまに作ってくれた料理は母よりも断然美味しかった。母は、「お金に糸目をつけず、いい材料を使えば美味しくなるのは当たり前だ」と言っていたけれど。父の料理の後、台所を片付けるのは私の役目だった。男の料理の約束で、父もなべやフライパンなど使った道具はそのままだったから。

我が家のことは何でも父が一人で決めていた。何でもできる頼りになる父がいなくなって、一番目に見えて変わったのは母かもしれない。父がいなくなってはじめて、母は我が家で発言権を得た。祖母に対し自分の意見を言うようになっていった。

祖母が病気がちになったこともあるのかもしれないが、父の不在が祖母と母の立場を逆転させたように見えた。今まで祖母に口答えをしたことのなかった母が、祖母を面と向かってバカにする。

「電話の取り次ぎもできないなら、もう電話に出ないで」

「後始末のほうが大変なんだから、何でも自分で勝手にしないで私に言って」

祖母の存在が家の中でどんどん小さくなっていった。私は祖母の不満のはけ口になっていた。

「あんな大きな顔しているけれど、私が死んだらきっとこの家は足の踏み場もないほどむちゃくちゃになるよ」

「息子がいなくなってお母さんが強くなったのは、欲求不満じゃないかって近所の人が言っていた。欲求不満なんて言葉、知らなかったわ」

「女のほうから迫るなんて、なんてはしたない。考えられないわ」

孫にそんなこと言われても、どう答えていいかなんて分かるわけがない。聞きたくない、消化できない言葉がどんどん私の中に入ってきた。


父のいない中学時代、リストカットが習慣になっていた。辛いことがあると手首を切って流れる血をプラスチックの箱にためた。傷口から手首をつたってぽたぽたと落ちる血を見つめていると不思議と気持ちが落ち着いた。傷口の痛みと血の温かさが生きていることを感じさせてくれた。

生徒手帳の中にはいつでも手首を切れるように、両刃のかみそりを入れていた。スポーツもしていないのに手首にサポーターをしている理由に気づいたのは一人だけ。色白でハーフのような美人で、ほかの子とは違う視点で物事を考える子だった。

不思議と話が合い、傷が増えても「あんた、またやったの」とただ事実を確認するだけ、いつもそんな風に声をかけてきた。私のことを非難も否定もせず、受け止めてくれていた。それが私にはありがたかった。残念なことに2年になってクラスが別れると自然と離れてしまったけれど。

2年生のクラスには、あまりいい思い出がない。家庭科の授業で刺繍があり、姉に借りる予定だった刺繍道具が借りられず、先生に事情を話したが許されず忘れ物の罰として名簿で頭をたたかれて入院したことが一番の大きな出来事だった。

忘れ物をした子はほかにもいたけれど罰を受けたのは私だけ。生徒名簿の固い表紙がまっすぐに私の脳天に落ちてきた。翌日頭が割れるように痛くて、母に病院に連れて行ってもらったら、脳震盪を起こしていた。しばらく安静にしているよう言われたけれど、学校を休むほどではなかった。悪い病気ではなかったと安心した母は、病院の帰りにアイスクリームを買ってくれ、帰りはタクシーに乗って家に帰った。なんだか病院代よりその後のほうが高くついたと母に言われた。

翌日、部の仲間と玄関先でたむろしていると英語教師がやってきた。いつも玄関先にたむろしている生徒を注意する先生だったから、気づいた誰かが注意を受けるまえに教室に行こうと言いだした。みんなは走って逃げたけれど、脳震盪で走れない私は追いかけてきた先生にすぐ捕まった。

私の腕をつかみ、「逃げるなんて卑怯だ」とものすごい形相で言った。身動きできないでいるところに、頬にびんたを食らった。上からの衝撃で脳震盪を起こしていたところに横からの衝撃。即入院となった。

九州に単身赴任していた父は駆けつけて、相当学校に文句を言ってくれたらしい。

退院して登校初日、学校で話題になっているのだろうな、と行くのが嫌だった。クラスメイトの態度が全く変わらなくてホッとしていたら、入院していたことさえ、誰も知らなかったと聞いて力が抜けた。でも担任は私を無視するようになっていた。

その後精神的なものか後遺症なのか、私はしょっちゅうひどい頭痛がするようになり、よく学校を早退することになった。

3年の担任はすごく面倒見の良い人だった。部活動に熱心で、クラス一人一人に目をかけていた、たぶん全員が特別扱いをされていると感じるほどに。

私は結構先生には面倒をかけていたと思う。体調不良で倒れたこともあったし、受験のストレスで胃潰瘍にもなった。

ある時、自己評価の結果を見て先生から、「異常に自己評価が低いな。もっと自分に自信を持て」と言われた。自分では自分自身を正しく認識しているつもりだったから、先生の言った言葉の意味がよく分からなかった。

今も大して変わらないけれどこの頃すでに、私はコンプレックスの塊で、自分自身の長所など一つもないと思っていたし、自分に自信などかけらもなかったのだ。美人でもなく愛嬌もない、勉強も特にできるわけではなく、人に褒められる要素など一つもないと思い込んでいた。友達も本当に少なく、2年生のときには仲間外れにされていた。他人に認めてもらえる要素など一つもない人間、私は自分をそう評価していた。

部活の帰り、真っ暗なバス停で部のメンバーに一度だけ自分の気持ちを吐露した。家族に認められたことしかできない。支配されているのが辛い。友人も家族が認めた人としか付き合えない。心の中に溜まっていた思いを一気に吐き出した。小学校からの友達が、「ちょっと待って。私はそんなつもりで付き合ったことはない。家族なんか関係ないよ。ジュンといるのが楽しいから一緒にいるのよ」と私の思い違いをただし、私自身を認めてくれた。ありがたかった。私にとって一番親しい友達からの言葉は、私にとって救いの言葉だった。

10月に祖母が死んだ。前年から少し介護が必要になり、下の世話など母が一人で面倒をみていた。幼い頃から子どもの目でも分かるほど母と祖母は仲が悪かった。祖母の口から何度母の悪口を聞かされたか分からない。

躾にとても厳しくて、ほこりがたつからと毬つきは禁止。女の子は身体に傷を作ってはいけないと自転車に乗るのも禁止。いい思い出なんかほとんどないのに、それでも悲しくて涙が止まらなかった。

「もう泣くな」

父が声をかけてくれたことをはっきり覚えている。

祖母の死は、母と姉、私、一人ひとりにかけられていた箍の一部をはずしたのかもしれない。私は念願だった髪を伸ばし始めた。担任の先生は、父兄面談で母に私が明るくなった、と言ったそうだ。祖母に外泊を止められていた姉は、友達の家を泊まり歩くようになった。

◇否定され続けた高校時代

高校は、バスに酔うため、遠くの学校に通いたくなくて、ランクを落として受験をした。そのせいか、合格したことを母に告げても、「受かって当然」と言われただけで、おめでとうの一言もなかった。

姉が県立高校に合格した日はみんなでお祝いし、合格祝いには畳一畳分もある豪華なステレオセットまであったのに、私には合格祝いももちろん何もなかった。父が単身赴任で不在だったこともあるだろうが。

後年、職場でポツリとこの話をした。茶化して、「問題です。私の高校合格祝いは何だったと思いますか」誰も答えない。「答え、何もなかった」私にしたら笑い話を提供したつもりだったけれど、周りはそうは捉えなかったみたいだった。空気が固まっていた。

後で一人が「順子さん、ぐれてもよかったと思う」と言った。私には、こんなことでなぜぐれる必要があるのか分からなかった。ただ、そんな風に受け取る人もいるのかと思っただけだった。何十年も経った今も他人に話すほど、不満を募らせていたのに、自分自身そのことに気づいていなかった。


中学校の3年間、片思いをしていた先輩と高校生になって付き合い始めた。先輩は中学時代から私が自分を好きだと知っていたはずだけど、後輩としてしか扱ってくれてはいなかった。それが高校生になった途端、急に親しげになり、日曜日に映画に誘われたり、グループでプールに行ったり、お祭りにみんなで出かけたりした。

付き合うなんて初めてのことだったし、ほとんどが友人たちとのグループ行動で、みんなにカップルとして扱われるのは恥ずかしかったけれど毎日が楽しかった。

そのうち、二人だけで会う機会のほうが多くなった。帰りのバスで偶然一緒になったら、彼と一緒にバスを降り話し込むこともあった。私は彼との付き合いに夢中で、夕方電話で長話をして、父から、「何度電話をしても話し中で連絡を取れなかった」と叱られたこともあり、家族はあまりいい顔をしていなかった。

ある日、家に帰ると、「どこに行っていた」と母に詰め寄られた。

学校帰りに彼の家のあるバスの停留所で、私がバスを降りたのを同じバスに乗っていた母は見たと言った。バスの中で、「あの子の家はこのバス停じゃないのになんでここで降りたの、と周りの人が騒いで、私は恥ずかしい思いをした。さっき彼の家に電話してお母さんと話し合ったからもう付き合うのはやめなさい」と一方的に言われた。

彼の母親から、「うちの子はいい大学に行って一流の企業に就職をする予定です。あの程度の高校に行っている娘さんとは不釣り合いだ、って嫌みたっぷりに言われたわ」

母は、彼の母親から相当侮辱されて何も言い返せなかったことがとても悔しかったようだった。親同士の話し合いで、私たちの付き合いは突然終わった。付き合っていた期間はたった2～3か月というところだっただろうか。別れさせられたのが、夏休み中のことだったから、新学期には沈んだ心で彼から貰ったチャームをカバンに付けて、毎日毎日学校と家とを往復した。それまでは毎朝同じバスに乗るようにしていたけれど、もう早起きしてバスに乗る必要もなかった。

彼を好きという気持ちは行き場を失った。好きで仕方がなかった時に別れさせられたから、どう気持ちの整理をつけていいかも分からなかった。ただ、私の行動に母が目を光らせていたことだけははっきりと分かっていた。

高校に入ってすぐ、母がコンタクトレンズを買ってくれていた。近視にバス通学で本を読むようになったら乱視が入って裸眼では道を歩くのも危なくなっていた。それまでぼやけて見えていなかった周りの人の表情が突然はっきり見えるようになった。

途端にクラスメイトの表情がとても気になりだした。私が何か言った後の相手の表情とか、話しかけようとしたときの表情とか、これまで見えていなかったから全く気にしていなかったことが盛んに気になりだして、仲の良い人とは安心して話ができるのに、親しくない人には話しかけることさえ怖くなり、話す相手がどんどん限られていった。

失恋して落ち込んでいたこともあり、少しずつ自分が孤立していくのを感じた。クラス委員が気を使って「この子も仲間に入れて」とみんなが話している輪の中に私を連れていくことさえあった。


高校2年の時、私は担任にこんな年賀状を送った。「ボーイフレンドなんかいらない」

恋を学ぶはずの高校時代、別の人と付き合うこともなくただ漫然と過ぎて行った。ほとんどが家と学校との往復だけ。たまに友人と街に出かけ、夏休みは書店で、冬休みには郵便局でバイト。本と漫画に夢中になり、知識はすべて文字から得た。私は高校時代に学ぶべき体験を何もしなかったのかもしれない。

一方高校時代の姉は、たくさんの友人と付き合い、たくさんの恋愛をしていたようだった。彼氏を次々と変え、夜遅くまで遊び歩いていた。家でも外でも好きなことをやり、祖母が死んだ後は外泊も旅行も自由。姉がとがめられたところを私は見たことがなかった。自由奔放に生きる姉に何も言わない両親。父は単身赴任先から月に一度しか帰ってこないのに、そんなときでも姉は友人を優先していた。

「私にはあれをするな、これをするなというくせにお姉ちゃんにはなぜ何も言わないの」素朴な疑問を母に投げかけてみた。母は、

「あれはもう何を言っても無駄。お父さんも、あれは同居人みたいなものだ、と諦めている」と答えた。ああはなるなとの母親の声なき声が聞こえてきた。

高校を卒業するとすぐ就職した姉は、自分の給料で車や振り袖など普通は親に相談するようなものでさえ、友人と選び親が知らない間に購入していた。姉はこの頃すでに親に頼らず生きるすべを学んでいたのかもしれない。私が高校生になった頃には姉とゆっくり話をすることもなかったから、姉が何を考えていたのか私には分かりようもなかった。

我が家がこんな状況の中、父がようやく赴任先から戻ってきた。父がいる生活に最初は戸惑った。思春期に男の人がいない生活に慣れてしまい、トイレに生理用品を置くなとか風呂上がりにだらしない恰好をしているな、とか父が気にしていると母から聞かされてようやく気づく始末だった。

父は娘に甘くなり、口数が多くなっていた。子どもの時、父の口から冗談なんか聞いたことがなかったのに、些細なことでも私たち家族に話しかけるようになっていた。

母から父が少しホームシックにかかっているから、少しでも一緒にいてあげてと言われた。休みの日に父と私と母の三人でドライブに行ったり、買い物に行ったりした。相変わらず姉は自分の都合を優先して私たちに付き合うことはなかった。思い出せば、小学生の時の東京旅行も中学生の時に単身赴任の父を訪ねて九州へ行った時も姉はいなかった。それが我が家の普通だった。

ちょうど興味もあったし、父のためにお菓子作りに挑戦してみた。クッキーやゼリーといった簡単なものから始めた。クッキーはそれなりの出来だったが、ゼリーを作った時は、自分でも失敗したと思った。ゼラチンの分量を間違えてしまったらしく、スプーンを入れるのに抵抗があるほど硬すぎるゼリーが出来上がった。そんなゼリーを父は美味しいと言って食べてくれたけれど、母は一口食べて、

「もう作るのをやめたら。お菓子なんか買えばいいでしょ」

私は、その後一度もお菓子を作っていない。

こんな調子で、良かれと思ってやったことをずいぶん母に否定された。

修学旅行のお土産も工芸品を買って帰ったのだが、「こんなもの家にいっぱいある。無駄なことにお金を使うな」と叱られた。姉に誕生日のプレゼントとして、ちょっと高価なコーヒーカップを買った時も同じように無駄なお金を使うなと叱られた。いつの頃からか、母からは何をしても

否定され、文句しか言われなくなっていた。

父が私に甘いことも母には不満の種だった。父は赴任先から戻ってすぐ家を新築した。新しい家は少し交通の便が悪く、私は自転車通学をするようになっていた。朝、ちょっとでも雨が降っていると、「送ってほしいんだろう」と言って父は車を出してくれた。本当はちょっとくらいの雨なら自転車で行ったほうが帰るときバスを待たずに済むので楽だったが、父が私を送るのを楽しみにしていたようだったので、送ってもらうのを喜ぶふりをした。それが母の気に入らないことは分かっていたが父をがっかりさせたくはなかった。

それまで誕生日を祝う習慣なんて我が家にはなかったから、子どもの時から誕生日プレゼントなんて貰ったことがなかったのに、18歳の誕生日には18金のハートのペンダントを贈ってくれた。すごくかわいいペンダントだったが、「娘にこんな贅沢な物を買って」と母は父に食ってかかっていた。

せっかく父がくれたものだったが母の手前、つけることができなかった。受験生がそんなおしゃれなものをつけて出かける先もなかったけれど、大学生になって母の目がなくなるまでそのペンダントをつけることはなかった。

引っ越しをしてしばらく経ったある日、母は私が学校から帰るのを待ち構えていた。玄関を開けるなり、

「今、芳子が彼氏と部屋にいる。さっきまで音がしていたのに今は物音が一つもしない。何をしているか見てきてちょうだい」

と私に向かって言った。深く考えもせず了承したけれど、階段を上がりながら振り返って私は母の顔を見てしまった。なんとも形容できない表情をしていた。強いて言うなら嫌悪感、だろうか。なにかとてもよくないことを想像していて、自分が決して見たくない、認めたくない、でも知りたい。だから娘に確認させようとしていると本能的に感じた。

何も考えず、ノックもせずに姉の部屋のドアを開けた。「うわっ」あわてて姉の上から飛び退く彼氏。私の目に彼氏のおしりが飛び込んできた。

あわててドアを閉めた。何をしていたかはいくら私でもすぐに分かった。自分の部屋で気持ちを落ちつけてから、下に降りて母に二人は話をしていただけだったと伝えた。

母はホッとしていた。姉を守るため、そして母の望む答えに気づいていたから、私は罪悪感を飲み込んで嘘をついた。

進学先を具体的に決める段になり、図書館司書という資格があることを知った私は、司書資格を取れる大学に行きたかった。小さいときから本が好きで本に囲まれて生活したい、いつしかそう思うようになっていた。本の世界は私にいろいろなことを教えてくれた。本の世界にいれば私は何にでもなれた。

私立大学受験の条件として父が出したのは、京都の宗教関係の女子大で教員免許が取れるところ。私は何としても司書資格を取りたかったが条件に当てはまる大学は、レベルの高いところとても低いところしかなかった。

とりあえず両方受験する準備を始めた頃、学校から大好きな先生の出身校の推薦入学の話があった。そこなら好きな国語の勉強ができるけれど司書資格は取れない。しかも場所は東京。迷いながらも親に話したが、「東京は芳子が遊びに行くからダメ」。母の一言で推薦入学は諦めた。結局、私は父の条件を満たした京都の私立女子大に進学した。

◇唯一解放された大学時代

京都での大学生活は、何の束縛もなく私が私でいられた時間だった。

1年目は父の希望で大学の寮に入った。規則の厳しい寮でなんと門限は7時だった。四人部屋だったので、毎日がパジャマパーティーのようなものだった。

全国から集まったいろいろな人の話を聞くうちに我が家はずいぶん他と違っていることに気づいた。どの家も叱られたり我慢させられたりするのは、上の子。「お姉ちゃんなんだから我慢しなさい」って言われたと口を揃えて言う長女組。我が家みたいに「妹なんだから我慢しなさい」そんなことを言われた下の子は一人もいなかった。姉や兄がいる人は、何をしても上の子が叱られるのを見て知恵を付けていったと言っていた。

引っ越し荷物を自分で詰めたから、日常生活で足りないものがたくさんあった。ほかの子はみんな親が用意してくれていたみたいだし、寮生活が始まってからもいろいろなものが親から届いていた。地域の名産品が多かったけれど中にはカップラーメンを箱買いして送ってきた親までいた。その話を母に帰省した時にしたら、「お金は渡してあるのだから必要なものがあったら買えばいい。送料の無駄だ。何でそんな無駄なことをするのかしら」と不思議がられた。他の子の親と母とではあまりにも価値観が違うことに私は初めて気がついた。

価値観が違うといえば、こんなこともあった。帰省の連絡をしようとしたときのことだ。全く連絡が取れないときがあった。ようやく電話に出たのは、少し前から我が家に同居するようになった母方の祖父だった。姉が交通事故で入院し、両親とも病院に行っていると聞かされた。

家に帰ってから、「何で知らせてくれなかったの」と母に聞いたら、「心配させるだけで何かできるわけじゃないから知らせなかった」と言われた。

翌日見舞いに行くと、想像以上の大事故だったことが分かった。初心者マークの車に乗り、崖から転落。助手席に乗っていた姉は、フロントガラスに突っ込んだらしい。いくら命に別条がないからと言って、家族がこんな状態になっているのに知らせる必要性を感じなかった母の考えが全く分からなかった。

大学生のスタートに大変なことが起きたとはいえ、地元から離れたこの場所での生活は、家族の目を気にすることなく自分の意思で自分の基準で、自分の心のままに自分の行動を決めることができた日々だった。初めて自由を感じていた。心が解放された気分だった。

友人に誘われてコンパに参加したり、寮の仲間と観光地を回ったりと充実した日々を送った。彼氏もでき、私は少しずつ自分に自信が持てるようになっていった。

だけど夏休みに帰省した私は、元の私に戻っていた。大学に戻り少しずつ自分を取り戻す、その繰り返しだった。

友人と過ごしていても、ふと遠慮が出る。一緒に買い物をしていても、私は邪魔なんじゃないかと勘ぐってしまい、順子は気を回しすぎ、と友人に言われたこともあった。逆に毎晩他の部屋に入り浸って厚かましく振舞いすぎて気を悪くされても気づかなかったこともあった。あまり親しくない人とは陽気に話ができたのに、親しくなればなるほど、相手の顔色が気になって考えすぎる悪い癖が出た。

そして、寮の中で私の行動を非難されたことをきっかけに、周りに私を嫌っている人が結構いることを知ってしまった私は、すべてをリセットしたい気持ちになった。

2年間寮生活をすることが父の希望だったが、寮生のほとんどが下宿を探し始めると、私もその流れに乗り、親に相談しないまま自分で下宿を探し契約をした。父は、「2年間は寮にいてほしかった」と言いながらも一人暮らしを始めるにあたり、父が九州で使っていた冷蔵庫など必需品を車で運んでくれた。必要な道具も買いそろえてくれた。

「あと何か欲しいものはあるか」

父に聞かれたとき「掃除機」と答えようとした途端、

「掃除は拭き掃除をすればいいから、掃除機はいらないわね」

母が横から口を出したので、掃除機が欲しいとは言いだせなかった。

小学生の頃から、掃除機とモップをかける以外の掃除なんてほとんどしたことがないから拭き掃除の勝手が分からなくて、3か月も経たないうちに胸に湿疹ができてきた。お金がもったいなくて、医者に行かなかったらどんどん湿疹が広がって、気がつくと胸のあいた服が着られなくなっていた。ようやく医者に行ったら、ほこりに反応してアトピーになっていた。ほんのちょっとお金を惜しんだために、一生付き合わなくてはならない病気になってしまった。

◇たった一人の味方であった父の死

大学2年の正月休み。いつものように駅から電話して父に迎えを頼もうとした。電話に出た母は、

「お父さんは寝込んでいるから自分で帰ってきて」と言って電話を切った。

バスで家に戻ると、父は仏間に布団を敷いて寝ていた。私は風邪か何かだと軽く考えて、父にかかってきた電話を取り次ごうとして母にひどく怒られた。わけが分からなかった。母の様子からただの病気で寝込んでいるのとは違うことだけは察せられた。

しばらくしてようやく、ひと月前から体調を崩し、歩けない状態になっても会社の人が車の送り迎えをして出社していたこと、受け入れ先の病院を探しているところだと母から説明を受けた。

年末にあわただしく入院した父。母ははっきりした病名を私たち姉妹に教えてはくれなかった。

毎日病院に通う母は、毎晩疲れきって帰ってきた。その様子に私は、もしかしたら父の病気は治らないのではと不安を抱いた。姉も同じように不安だったようだ。

もう子どもではないのだからはっきり父の様子を教えてほしいと母に詰め寄った。ようやく聞かされた父の病名は、肝臓がん。それも末期で手の施しようがなくあとは死を待つだけだと言った。

これからどうなるの。父に守られて生きていた私は途方に暮れた。

その後病状はどんどん悪化して、我慢強かった父が痛みにうめく姿に涙が出た。父の顔をまともに見るのが怖くて、病院に行けなかった。

大学に戻る前にようやく父を見舞った。そこには変わり果てた父の姿があった。腹水がたまっておなかだけが膨らんで、話す言葉は聞き取るのも難しくて意味不明。地獄絵図に描かれた餓鬼の姿に見えて、ただただ怖かった。私は、逃げるように病室を出た。

大学に戻っても勉強など手に付かなかった。下宿で電話が鳴るたび父に何かあったことの連絡ではないかとドキドキしていた。不安とやるせない気持ちでいっぱいの私とは裏腹に、大学でも下宿でも、翌週に迫った成人式の話題で盛り上がっていた。

成人式の日、下宿の仲間は実家に帰って誰もいない。大学で県外に住民票を移していた私には、出席できる成人式がなかった。父が病気で明日をも知れないから、姉の時のようなお祝いができないのは分かっていた。だけど成人式の申し込みは9月頃のことでその頃は父も元気だったのに、出席できないのは分かっていても、名簿に名前もないのは辛かった。母にどうして申し込んでくれなかったのかと尋ねたら、「あんたは出たくないのだと思っていた」と自分の行為を正当化してきた。どうせ申し込むことなど思いつきもしなかったんだと確信した。

うんと惨めな気分に浸りたくて、わざと日ごろはかないジーパン姿で出かけてみた。家族連れに交じって神社でふるまい餅なんかも食べてみた。少し気分が晴れたけれど、繁華街に戻ると、晴れ着姿が目についてすごく惨めだった。

姉の成人式は朝から一家総出で大変だった。朝4時から美容院に行き、家での着付け。姉は何か月も前から、ふわふわのショールをしたい、帯は片方垂らしたい、などいろいろ希望を語っていた。給料をためて自分で買った振り袖を着て、晴れがましく父に送られて会場に向かった姉。私の大学受験の真っ最中にぶつかっていたけれどそんなことはお構いなしだった。

その後成人式の手伝いを10年近くやったけれど、晴れがましい親と着飾った娘の姿を見るたび母の言葉を思い出した。成人を誰にも祝ってもらえなかったことが辛く悲しかった。

成人式で裏方をしながら、「私、成人式まだなの」と冗談めかして周りに言った。出席できなかったことも辛かったけれど、祝わないことを当然と家族が受け止めていたことが一番辛かった。

ようやく後期試験を終え帰省して一番初めに向かったのは父の病室。やせ細り面相も変わってしまった父に向かい、「帰ってきたよ」と声をかけても、父からの返事はなかった。

その晩父は意識不明になり、そのまま数日後母から、「もう危ないからすぐに来なさい」との連絡に、急いで姉と病院に向かったけれど、父は息を引き取った後だった。私には父が私の帰りを待っていてくれたように感じられた。

父の病室を出て、姉から最初に言われた言葉は、

「あんたのせいで、死に目に会えなかった。一生怨んでやる」

だった。

確かに、私は家を出るときもたついた。同居する祖父の食事を用意してわざと家を出るのを遅

らせた。死に目に会うのが怖かったから。姉はそんな私の気持ちに気づいていたのか。
またひとつ姉への負い目が増えたと思った。けれど、ずっと後になって母が連絡してきたときには、すでに父は息を引き取っていたと母から聞かされた。姉は今でも事実を知らず私を怨んでいるのかもしれない。

父が亡くなり3年生からは仕送りゼロ。私は自分の食いぶちを自分で稼ぐことになった。父の保険金で学費は払うことができた。奨学金を貰うことはできたけれど、足りない分の生活費は自分で稼ぐしかなかった。授業をやりくりして週2日フルタイムでアルバイトして、夏休みや冬休みなど長期休暇は地元でバイトに精を出した。4年になったら卒論や就職活動でバイトをするゆとりがなくなると分かっていたから、ともかく生活費を確保することだけを考えて、出費を極力抑えた。バイトと学校と部活動。それだけが私の生活になった。

たまに友人と出かけても一番安いものを注文し、友人の買い物に付き合っても服一枚買わなかった。お金を使いたくなかったから、おなかがすいてもコーヒーやお茶でごまかした。あとはリッツとかココナッツサブレのように安くて量のあるお菓子、そしてたばこ。父が戦時中空腹を紛らわせるのに煙草を覚えた、と幼い頃に話してくれたことを思い出して試してみた。それまでにもかっこつけに吸ったことはあった。父の言う通り、1本20円程度の煙草は空腹をまぎらわせるのに最も安上がりだった。

父の生前、我が家は父への贈り物で溢れていた。洗剤、油、コーヒー、ジュース、そんなものは人がくれるものだと思っていた。父が死んではじめて、自分で買わなくてはいけないものがたくさんあった。お菓子も小学生の頃のおやつは、思い出すとほとんど地方の名産品だった。信玄餅や羽二重餅、岐阜の若鮎、ブドウの形の羊羹や竹筒に入った羊羹を当たり前に食べていた。全部父への手土産として業者の人が持ってきていたものだった。私にとっては、ポテトチップスなど自分で買わなくてはいけないお菓子のほうが貴重だった。

父の存在を失って自分で生活費を稼いではじめて、人は自身にとって何らかの価値があるからこそ他人に物をくれるのだということを学んだ。

父の49日が過ぎてから、東本願寺に父のお骨を納骨した。前日母から電話があり、受付を先にしておくように言われた。朝早くに起きて東本願寺に出かけたが、納骨堂ではお骨がないと受け付けはできないと言われ、母と姉が来るのを2時間以上待った。

ようやく到着した二人を見てびっくりした。知らない女性を伴っていた。姉の友人だった。納骨の後、二人は京都観光をするのだという。父の納骨に他人を伴う姉に、私はあきれてしまった。姉には何も言えなかったけれど、二人が出かけた後、

「父親の納骨に来てそのまま遊びに行くなんてあんまりじゃないの」と姉を非難した。

「芳子もお父さんを亡くして辛いのよ。気分転換が必要なの」と母にあっさり言われてしまった。

その後私は毎月、月命日には、精進潔斎のつもりで肉、魚、乳製品を一切食べないだけでなく、大谷祖廟へ父に会いに出かけることを習慣にした。行って手を合わせて帰ってくるだけ。バイトなどでどうしても行けないときには、下宿に持ってきた、父の病室にあった最後のたばこに向かって手を合わせ話しかけた。そのたばこは、父が、「元気になってまたたばこを吸うんだ」と言って持ち込んだものだと母に聞いた。入院中からずっと病室の枕元に飾ってあったのを最後の別れの後、私が黙って持ち出したものだった。


4年生は想像通り前半は教育実習、その後は就職活動に明け暮れることになった。地元での就職が決まった後は卒論と、ともかく余計なことを考える暇など全くないほどバタバタと過ぎていった。

最後の後期試験の前に、大学生活に使っていた冷蔵庫、自転車、姿見、部屋にあるもので売れるものは全部売ってお金に換えた。少しずつ部屋の物がなくなっていき、私の大学生活が終わりを告げる直前、父の三回忌のため私は一旦帰省した。

秋に姉が結婚し、母は一人で暮らしていた。正月に帰省した時は元気だったのに、迎えてくれた母はずいぶんとやつれて見えた。一人だとろくなものも食べず、体調を崩し少し前まで寝込んでいたと言った。これまでずっと人に尽くすのを生きがいのように生きてきた母だから、尽くす人がそばにいないとこの人は自分のためには何もしないんだと心配になった。

父が死の直前、「なんでもいいから信仰を持ってくれ」と言い残していたらしく、少し前から母は、とても熱心に父の供養のためにお寺参りに通いだしていた。それが母の心の拠り所になっているようだった。


卒業式と謝恩会は大学生活にピリオドを打つ行事で、この時ばかりはほかの学生と同じように袴を借り式に臨む予定だった。

帰省した時に母に、「袴を借りるから、半衿とか必要なものを呉服屋さんに聞いてきたから用意してほしい」と頼んだ。そのときは、「帰るときに用意しておくわ。成人式もできなかったし記念写真を撮ればいい」と言ってくれた。

しかし、大学に戻るときにはなにも用意がされてなく私もすっかり忘れて戻ってしまった。幸い大学では茶道部に在籍していたから、足袋など着物を着るのに必要最低限のものは下宿にあった。それを持って友人と一緒に呉服屋さんに着物と袴を着付けてもらいに行った。友人は半衿だけでなくこまごまとしたものまで親御さんが用意したものを持ってきていて、私はちょっと悲しかった。

入学式には両親がともに参列してくれていたが卒業式は私一人。定番の校門での記念撮影もできなかった。謝恩会の準備に時間ぎりぎりまでかかり、結局袴姿での記念写真を撮る暇はなかった。

卒業式の数日後、姉夫婦がバンを借りて私の荷物を家まで運んでくれた。2年生で下宿に入るとき、バン1台で十分余裕のあった荷物は、満杯になっていた。あの時、荷物を運んでくれた父はもういない。

「帰ってくるときはどれだけ荷物が増えているかしら」

あの日、荷物を見つめてバンを運転する父にぽつりと言った母の問いに、父が答えることはなかった。あの時は全く気にしなかったけれど、もしかしたら3年後自分が荷物を引き取りにいけないことを予感していたのではないかと思えた。

第2章

母の支配によって破綻した私の結婚生活

◇私が一番幸せだった時

後に夫となり、その後元夫となった人との出会いは高校2年生の時。

バスターミナルで、同年代の男性と親しげに話をする姿。ダッフルコートを着て、私の前を通りすぎる姿を今も鮮明に思い出せる。バスの中では友人と話をするか眠そうにつり革をつかんでいた姿も。

初めに同じバスに乗り込む大学生らしき二人を話題に出したのは一緒に登校していた友人だった。その子が一人の人を素敵だと言いだした。途中のバス停から乗ってくる友人と時間を合わせて毎日同じバスに乗っていたから、大学生らしき二人に会う確率は高かった。

その人が夏休みに私がバイトをしていた書店に偶然やって来た。見た瞬間、短パンにポロシャツと今までとは全く違うラフな格好だったけれど、すぐにいつもバスに乗っている人だと分かった。

レジにいた私は、何か買ったら声をかけて友人を羨ましがらせてやろう、くらいの気持ちしかなかった。だから本当にレジに本を出してきたとき、気軽に声をかけられた。

「もしかしていつも8時5分のバスに乗っているの」

「君もあのバスに乗っていらっしゃいませんか」

驚いたように答えてくれた。

二度目に来店したときには、帰り際ちょっと会釈をしてくれた。

2学期には、バス停で姿を見かければ朝の挨拶をするようになった。それだけだった。だけど会えた日はとても心が浮き立った。友人に彼氏ができてバスの彼を気にしなくなってはじめて、私がその人を好きになってもいいのかな、と思った。

それからしばらくすると、もう一人の人だけがバスに乗るようになって、彼の姿を見ることはほとんどなくなった。そのうち、私は引っ越して自転車通学をするようになったからもう会えないと思っていた。

ところが大学進学前にまた前と同じ書店でバイトをしていたら、彼が店に入ってきた。とても気になる人だったから、チャンスを見つけて名前と住所を教えてもらった。手紙を書いてもいいですか、大学生活についてアドバイスしてください。そんなことを言ったように思う。

名前は寛（ひろし）さん。6歳年上で私が高校2年生のときには大学4年生。朝からの講義が週に1回あってあのバスに乗っていたこと。今は大学を卒業して小学校の先生をしていることを教えてもらった。

大学1年生の時のバレンタイン。寮中が彼氏へのプレゼントに浮かれる中、チョコレートをあげる相手がいなくて話題に入れないのが寂しかった。だから、みんなとチョコレートを買いに行って、えい！　とばかり、「寮がバレンタイン一色です。軽い気持ちで受け取ってください」と言い訳をだらだら書いてチョコレートを贈った。お礼の手紙には、次に帰省した時には連絡して、と書いてあって天にも昇る気分だった。寛さんの字はほとんど楷書と言っていいくらいきれいでとても几帳面な文字だった。

初めてのデートは観光名所までのドライブだった。休みの日なのに背広、ネクタイ姿の彼はとても大人な感じがした。遊覧船に乗って、あたりを散策して。私はずっとこんな風にこの人のそばにいたいと思った。

それから、帰省するたび、「帰ってきました」と寛さんに電話して帰省中一回か二回、ドライブに行ったり喫茶店で話をしたりする程度の関係だった。どこに出かけても夕飯前に家に送ってくれるほど健全なお付き合いだったから、付き合っているともいないとも言い難い関係が続いていた。いつも「僕です」と言って電話をかけてきてくれた。

彼氏と言っていいのか分からなかったけれど、いつしか私は結婚するならこの人しかいない、と心に決めていたから病気の父に紹介しておきたかった。だから、父が入院してすぐ、入院先に荷物を持っていきたいから車を出してほしいとお願いした。二つ返事で了承してくれた時にはほっとした。寛さんは嫌な顔一つせず、病室まで荷物を運び父に挨拶してくれた。父は何も言わなかったけれど安心してくれたと思った。

海に連れて行ってくれた時は、雨男だからと予備日まで決めてきた。海の家を借りるとき、割引券を使うのに家族じゃないとだめだから続柄の欄に妻って書いたら手が震えた、と笑っていた。

「い・も・う・と」

私は振り返りながら笑って言い返した。私は照れる寛さんがとってもかわいく見えて、そんな寛さんが大好きだった。

ある日、車で遠出をして渋滞にはまったこともあり珍しく遅くまで一緒にいた。家に着いたときにはあたりはもう真っ暗になっていた。車を降りようとしたら、引きとめられて、「キスしてい い?」と囁かれた。

寛さんとのファーストキス。幸せを全身で感じながら、家に入った。階段を上るとにやにやした顔で姉が待ち受けていた。

「妹のキスシーンを見てしまった」

姉の一言で、幸せ気分から一転恥ずかしくて仕方がなくなった。追い打ちをかけるように、

「たまたま窓から外を見たら、二人の姿が見えたから」

姉は、どういう風に迫られたのかとか何回目かとか根掘り葉掘り聞いてきた。ごまかして逃げ出したかったけれど、姉はしつこく聞いてきて、話をするまで私を解放する気配はなかった。正直に答えるしかなかったけれど、初めて寛さんがキスしてくれたうきうきとした気分はもうなく

なっていた。大事な経験が汚されたように感じた。

寛さんに見つめられるたび、私を大事にしてくれていることを感じた。私を好きって全身で言ってくれているように感じた。だけど、ほとんど触れてはくれなかった。姉に見られたファーストキスの後、デートのたびにキスしてくれるかと思っていたのに、そんな素振りも見せなかった。そういうことに淡白な人なんだな、と思ったけれど、正直ちょっと寂しかった。

4年生になると教育実習、就職活動と急にバタバタしはじめて、月に一度は帰省していた。寛さんとゆっくり会う機会はあまりなかったけれど、就職の試験会場がちょっと不便なところにあった時には、寛さんが試験会場まで送迎してくれた。

4大の文学部はさすがに就職が厳しく会社訪問さえ門前払いの企業もあった。大阪で教員採用試験に合格していた私は、

「地元で就職できないと、大阪で就職するほかない」

と寛さんをちょっぴり脅かしたりもして、私たちの関係はどうなるのかしらと不安を口にしたこともあった。

冬休みは卒論に明け暮れ、寛さんとゆっくり会えたのは、卒業して地元に帰ってからのことだ

った。車を運転しながら、

「就職が決まってよかった。一時は大阪で自分も仕事を見つけなければいけないかと思った。結婚したいと思っているから」とさりげなく言われた。

思ってもみないタイミングで発せられた言葉に、

「そんなこと言われたらうれしくて涙が出る」と言いながらも自然に涙が溢れてきた。寛さんがプロポーズしてくれた。夢が叶う。私は、うれしくてうれしくてしかたがなかった。

次に会った時、寛さんは私が返事をしなかったと受け止めていたことを知った。

私はイエスの意味で、「うれしくて涙が出る」と言ったつもりだったけれど、寛さんは返事をもらえなくてドキドキしたと言っていた。

ともかく私にとって最高に幸せだった日々はこうして始まった。念願の就職。1年後の結婚。2〜3年後には寛さんに似たかわいい子どもを産んで、中学生の頃からの夢だった、若くてきれいなお母さんになる。私の人生はバラ色になるはずだった。


実際には、就職する前に結婚が決まるというのはなかなか大変なことだった。私の配属先は交代制とはいえ土日出勤があり、週に一度は遅番として、7時半まで勤務しなければならなかった。初めての仕事に戸惑い、覚えることが山のようにある中、5月早々に寛さんが母へ挨拶に来た時から、結婚に向けての準備が始まった。結納、結婚式の日取り、新婚旅行、決めることがたくさんあり、いつの間にか主導権は母に移っていた。

休みの日曜日は結婚式場探し、衣装合わせ、引き出物。式場との打ち合わせには、片方あるいは両方の母親同伴で行動することが多くなった。

まだ、日が高いうちに結婚式の打ち合わせが終わっても、寛さんはそのまま母親を伴って家に帰っていく。打ち合わせで我が家に来ても茶の間で母や姉夫婦とともに話をし、そのまま帰っていく。どんどん二人きりになることが無くなり、私の寂しさは募っていった。

もっと二人きりになりたい、ゆっくり話をしたいと思っても、その思いを口にすることができなかった。

それでも毎週遅番の時は、職場まで迎えに来てくれて二人で食事をして家に送ってくれた。1時間足らずではあってもそのときだけは寛さんと二人きり。誰にも邪魔されずに話ができる唯一の時間だった。

一度だけ私を迎えに行けないと言われた時があった。市のまつりに参加する子どもたちを引率するためだった。今頃寛さんどのあたりにいるのかな、会えないかな、そんなことを考えながらバスに乗り込むと、ちょうど子どもたちの行列に出くわした。笛を吹いて子どもたちに進む道を示す寛さんの姿をほんのしばらくの間だけ見つめられた。すごくかっこよくて、惚れ直してしまった。その姿を思い出すたび胸が熱くなった。

翌週その話をしたらすごく照れながら、状況を説明してくれた。そんな寛さんは、とてもかわいく見えた。

夏休みには、地元の花火大会に行った。母が浴衣を着せてくれた。お迎えじゃない、初めての夜のデートに私はウキウキしていた。二人寄り添って見た花火のことなんて全然覚えていないけれど、寛さんとピッタリくっついていたことと、帰りにきつく抱きしめてキスしてくれたことは今でもしっかり覚えている。

キス以上に進展しない関係に物足りなさを感じる反面、まじめな人だから結婚するまでけじめをつけるつもりなのだろうと思っていた。

そういう関係を持たないことに慣れてしまった頃、二人でデートの帰りに車を運転していた寛さんが、

「僕たちもそのうち行ってみたいね」と言った。

近くに見えたラブホテルのことを指した言葉だった。

え、寛さんでもそういうこと思うんだ。まだキスにも慣れていないのに、なんて返事すればいいんだろう。ちょうど職場でラブホテルの中には隠しカメラがあって、映像が闇で売られていると聞かされた後でもあった。時間にしたら5秒くらいのうちにいろんなことを考えて迷った末に、「私はいい」と答えてしまった。

絶対に寛さんが望んでいた答えじゃなかった。その後、車の中には気まずい空気が流れていた。

そんなことを私が言ったせいか私たちの関係は進まないまま、私が本採用になるのを待っての10月、養子に来てもらうからと、私と母が結納品を持って寛さんの家に行くことになっていた。

私が着る振り袖は姉のを借りた。着付けの時ちょっと太っていると着付け師さんに言われて「妊娠3か月」と、高校時代よく友人同士でおなかが出ているときに言う冗談を言った。

「あら、二重のおめでたなのね」

と着付け師さんは笑っていたけれど、

「何バカなこと言っているの」

と、母に目をむいて怒られた。着付け師さんに向かっても、

「寛さんはそんなことをする人じゃない」

とすごい勢いで食ってかかった。

着付け師さんが帰った後、母に、「馬鹿なことを言うものじゃない、寛さんの信用を落とすな」

と散々叱られた。

「ごめんなさい。ただの冗談のつもりだったの」

謝りながらも、何もないから言える冗談だったけれど、もうそれが冗談とは受け取られない立場になったのだと思うと同時に、私は母にそんなことをする娘と思われていたということと、母

は、寛さんのことは信用しているけれど、私のことは信用していないのだということを知った。

結納自体は、寛さんの家で媒酌人をつとめてくださる恩師のご夫婦が、並べられた結納品を前に決まりの口上を言って、あっと言う間に終わった。


小さい町だから、私と寛さんが結婚することは結納を交わす前からうわさが広がり、職場の人の耳にも入っていた。なんとか結納までは内緒にしてもらっていたが、結納の後は、その人がうわさを広め、職場でも結婚することがオープンになり、ことあるごとに話題に出された。初めは、照れもあったけれど、晴れがましい気持ちが勝っていた。けれど、ほとんどの先輩が結婚する気配のない中、就職1年目で結婚するのはとても気が引けた。女性の先輩からは嫉妬をむき出しに話をされたこともあり、この人より先に結婚しないほうがいいのではないかとまで考えるようになった。男性からは変なからかいにさらされ、結婚することに少し嫌な気がしてきた。

加えて、春に決めた衣装は秋に新作が出たからともう一度選びなおし。このときには姉夫婦もついてきて、私の衣装を選ぶついでに姉も花嫁衣装を着て写真におさまっていた。明けても暮れてもの結婚式の準備に私は疲れきり、母や姉がどんどん寛さんと私の間に入ってくる状況にストレスがたまり、結婚自体がどんどん嫌になっていった。

恋人同士のほうがよっぽど気楽だったし、寛さんの前で自分を素直に出せていた。なんだか結婚するのがまだ早い気がして、せめてもう1年、婚約時代を楽しみたくて、「結婚、やめたらダメかしら」と母に聞いてみた。母の答えは一言、「今までにいくらかかったと思っているの」。その一言で私は何も言えなくなった。

秋から冬にかけて休みの日は結婚式の準備か母に連れられてのお寺参り。寛さんと二人きりで出かけることは完全になくなっていた。二人の時間が取れないことに苛立ちを募らせた私は、完全なマリッジブルーになっていた。

結婚式が近づくにつれ、寛さんが打ち合わせで家に来る頻度が増えた。いつも茶の間の出入り口に近い席に着く寛さん。私の定位置は一番奥の窓側。母よりも姉よりも一番遠い場所。話し合いが終われればそのまま帰っていった寛さん。私と二人で話したがる素振りもなかった。

毎回こんな調子だったから、母に、「芳子と旦那さんは結婚前、いつも二人で部屋にこもっていたけれど、寛さんはあんたと二人きりになろうとしないわね」と言われた。

姉からは「あんたもいよいよロストバージンね」「夫婦のセックスってシャワーとか浴びられないわよ」「恋人同士の時とは全然違うわよ」と、ちくちくと性的なことを言ってきた。無知な私をからかっているように聞こえ、そのたびに、「そんな話、聞きたくない」とは言えず、どう返事をしていいかも分からず、戸惑うことしかできなくて、いたたまれない気持ちが強くなっていった。私たちが関係を持つことに姉が興味を持っていることが、いやでいやで仕方がなかった。

結婚式直前の日曜日、寛さんが我が家に引っ越し荷物を持ってきた。我が家の2階が私たちの新居だった。あいにく私は出勤日で、寛さんの荷物はすべて私が仕事に行っている間に運び込まれ、私が帰った時には荷物はすべてきれいに整理され、寛さんも帰った後だった。寝室に入ると母に買ってもらった洋服ダンスに寛さんの背広がかかっていた。寛さんの部屋を覗くと机の上に仕事で使うような本が数冊並べられ、タンスの上にはレコードプレーヤーが置かれていた。寛さんはどんな音楽が好きなんだろう、私は寛さんが音楽を聴くことさえ知らなかった。これからいろいろ知っていこう、と二人の生活に夢を膨らませた。

そうして迎えた結婚式。6年生を受け持っていた寛さんが教え子を送り出した後、ということで3月21日のお彼岸だった。あいにくの雨模様だったけれど式が始まる頃に雨はやんでいた。一生に一度の晴れ舞台のはずが、一番幸せいっぱいのはずの婚約時代を、式の準備だけに費やし、甘い時間など全く持つことができなかった私には、やっと終わるとしか感じられなかった。

それでも、結婚式では隣に立った着物姿の寛さんの緊張が伝わってきた。三々九度の手が震えていた。私はこれからずっとこの人の横にいられる、その喜びをかみしめていた。

披露宴では、予想はしていたけれど、寛さんの友人たちによる余興でベタなテントウムシのサンバ。披露宴で花嫁花婿のキスシーンほど嫌いなものはなかった。キスの様子を見れば二人がすでに関係を持っているかどうか、私のように経験のないものにもまる分かりになることを何度か友人の結婚式に出席して気づいていた。

ここでキスしたら私たちがまだ結ばれていないのを列席者全員に教えることになるかもしれな

いと思うと、キスすることに抵抗があった。それに見世物になるのが嫌だった。場を白けさせるわけにはいかないけれど、人前でキスするのはどうしても嫌で、どうしていいか分からなかった。

助けを求めて一瞬寛さんを見たけれど、寛さんは私の視線に気づかなかった。いつの間にか涙が出ていた。

それを見た寛さんが私の手にキスして、司会の人が私を純情な花嫁さんと評することでその場は取り繕われたけれど、その後衣装替えに退場した私を控室まで追いかけてきた母と姉から、寛さんに恥をかかせたと猛烈に怒られた。

戻ってきた彼は何も言わなかったから、どう感じたかは分からなかった。その後も進行に追われ、キスが嫌だったのではなく、見世物になるのが嫌だったのだと寛さんに言う機会はついになかった。本当は誰も見ていないところでキスをして、ごめんなさいと謝りたかったのに。

◇姉の呪いと新婚旅行

結婚式を終えた後は、そのまま新婚旅行に行くため空港へ。その日は成田近くのホテルに泊まって翌日ロスへと向かう予定だった。姉夫婦が空港まで送ってくれたのだが、別れ際、姉の一言が私の人生を左右することになった。新婚旅行に旅立つ妹に姉はこう聞いたのだ。

「寛さんとやるの」

頭が真っ白になって何と答えたか覚えていない。結婚するからにはそういう関係を持たなくてはいけないことは分かっていても、これまでほとんどそういう雰囲気になっていなかっただけに想像ができなかったのだ。

そういう関係を寛さんと持つ覚悟をしたつもりだったけれど、姉の一言で覚悟ががらがらと崩れていった。突然怖くなった。

まだ早い。そんな関係を持つほど寛さんのことを知らない。逃げられるものなら逃げたい。わざわざ聞くということは、しないという選択肢があるのだろうか。それとも姉は、暗にするなと言ったのだろうか。

飛行機の中で姉の言葉の意味を何度も考えながら私は新婚旅行に出かけた。

新婚旅行先は、ロスアンゼルス、ディズニーランド、そしてハワイ。初めての海外旅行で隣にいるのは大好きな人。心が浮き立たないはずはない。嫌なことはすべて忘れていた。

1日目で寛さんの嘘一つ発見。旅行の前には英語ができるようなことを言っていたのに、私と同じレベル。全然通じないじゃない。「要は度胸だよ」と笑いながら言った寛さん。分からないなりに単語と身振り手振りで意思を通じさせ、食事をしたり買い物をしたりするのは面白かった。夢のように楽しい1日、何の憂いもなく幸せだった。

ホテルに入った時には、「こうしたかった」と私をお姫様抱っこしてベッドに降ろしてくれた。

これからずっとこの人と一緒にいられる、その喜びをひしひしと感じて最高に幸せだった。

ツアーの人たちと食事をして部屋に戻って、たわいない話をした。互いにお風呂を使うまでは何でもなかった。

髪を乾かしていたら、寛さんが大学に通っていた頃、バスに私が乗っていることを意識していたと言われて、

「え、私がバイト先で話しかけたら、君もあのバスに乗っていたの、って言わなかった？　だから、私みたいな高校生は眼中に入っていなかったんだと思っていた」

「そんなの見栄に決まっているじゃない。こんなきれいな子に気づかないわけがない」と笑いながら答えてくれた。私ずっと騙されていた。寛さんが私のことを知ったのはバイト先だって。その日見つけた二つ目の嘘。それは心が温かくなる嘘。

だけど私の心が寛さんにぴったりくっついていたのは、この瞬間までだった。

これまで寛さんが私に触れることはなかった。だから新婚旅行のもう一つの意味をこの時まで意識していなかった。

だが、ベッドに入った瞬間、姉の言葉がよみがえった。

「寛さんとやるの」

帰ったらファーストキスの時みたいに姉にさんざんからかわれ、根掘り葉掘り聞かれるのかと

思うと、何も経験せず「そんなことしてない」と姉に答えたほうがましのようにも思えた。

それに、できることならゆっくり関係を深めていきたかった。結婚式を挙げたというのにまだ覚悟ができていなかった。というより、覚悟を固めたはずだったのに姉の一言でガラガラと音を立てて崩れていた。恐怖が私を支配した。私はまだ心の準備も身体の準備もできていない。もう少し待って。

ベッドに入るまで、そんな雰囲気は何にもなかったからなおさら考えてしまった。どうしよう、怖くてたまらない。どうしたらいいんだろう。お姉ちゃんに言われたことを話したら、何か言ってくれるかな。とても短い時間に頭の中でいっぱい考えてパニックを起こしていた。

最悪のタイミングで、寛さんが一言も発せず私にのしかかってきた。寛さんが大好きな寛さんに見えなかった。思わず怖くて、考えるより先に言葉が飛び出した。

「やだ」

次の瞬間彼は私から離れて、横を向いて寝てしまった。

「どうして」って聞いてくれたら姉に言われたことについて話ができたかもしれない。突然のことで怖かったと気持ちを素直に話せたかもしれない。もう少し気持ちにゆとりがあったら、自分の希望を話すことができたかもしれない。まだ最後まで関係を持つ覚悟ができていない。少しずつ関係を深めていきたい。寛さんに触れられることに慣れていきたいと。

でもその時は、とんでもなく怖いことから逃れることができたと安堵するばかりで、彼の気持ちを考えることまで気が回らなかった。寛さんはそれまでずっと優しい人だったから私は甘えていたのかもしれない。それがどれだけ夫を傷つける行為だったか全く分かっていなかった。

翌日、目覚めた時、横で眠る寛さんの姿に思わずキスしたいと思った。だけど何かが私を躊躇させた。

起きてきた寛さんの様子はいつもと変わらなかった。昨日の怖さなどみじんも感じなかった。寛さんが昨晩のことを話題にすることはなかった。私から切り出すのも気が引けた。どう話していいかも分からなかった。だから寛さんは、気にしていないんだと解釈した。これまでも寛さんは私にほとんど何もしてこなかったから、あまりそういうことには興味がないのだと思っていた。私は何の問題もないと思って、二人でユニバーサルスタジオ、チャイニーズシアターなど予定していた観光地を回り日中はとても楽しい時間を過ごした。

その晩は前日とうって変わって寛さんはほとんど話をしなかった。もしかしたらやっぱり気を悪くしていたのかなと思い、今晩は寛さんが迫ってきたら怖いけれどちゃんと応じよう、耐えられる範囲で。姉に言われたことも伝えようと何度も心の中で練習した。

だけど、寛さんは私に触れてこなかった。ベッドに入って一言も話さず眠ってしまった。よかった、やっぱり私の気にしすぎだったんだと、私は安心して寛さんの横で眠った。私は何も気づいていなかった。こんな楽しい時間がずっと続くと気楽に考えていた。

3日目、ディズニーランドでツアー客と親しくなった。食事の時に同じテーブルに着いた女性は、私と同い年で弟と二人でツアーに参加していた。それから弟さんと同年代で親戚に同行していた青年。話が合い、午後のアトラクションからは5人で行動した。東京に住む彼女は、東京ディズニーランドを隅から隅まで知っていて、パサディナのディズニーランドとの違いを教えてくれた。2日間寛さんとしか話をしていなかったこともあり、モデルをしていたという彼女の話は刺激的で楽しかった。

自然と寛さんは弟さんたちのお守にまわった。夜遅くまでみんなで騒いで部屋に戻ってベッドに入った。寛さんはその晩も私に触れてこなかった。寛さんも急いで関係を持ちたいわけではないんだ、怖い思いはしなくていい、その安心感に包まれて一つのベッドで眠った。

4日目はハワイに移動。8時間のフライト中は親しくなった5人でゲームをしたり話したりしていたら、あっという間にハワイに着いた。送迎の車で簡単に市内観光をしてホテルについて、部屋に入るとシングルベッドが二つあった。

「ベッドは二つだけど僕と一緒に寝るんだよ」

突然の寛さんの言葉に、どうしてそんな当然のことを言うんだろう、別々に寝るなんて全然思っていなかったから、逆に念押しされてどう答えればいいのか分からなかった。急に寛さんが怖くなって、ここは否定しといたほうがいいのかなと馬鹿な結論を出した。

「これでゆっくり別々に寝られるね」

寛さんは何も言わなかった。本当に別々に眠る気なんか全然なかった。寛さんの腕の中が一番安心できる場所だと知ってしまったから。だけど心とは裏腹な私の言葉を寛さんは信じた。私たちはその晩から別々のベッドで寝ることになった。ベッドの中で自分の言葉を後悔し、寛さんはなぜあんなことを言ったのかと考え、寂しい思いをしながら私は眠りについた。

そして、ようやく私は、結婚してから彼が一度もキスしてくれていないことに気がついた。披露宴でのこともあり、もしかしたら寛さんは私が触れられることを何もかも全部拒否していると誤解しているのではないかと思い至ったのだ。しかし自分から、その手の話題を持ちだすこともできず、どうやって自分の気持ちを伝えればいいか分からなかった。

抱き締めることやキスはしてほしかったし、ひとつのベッドで寝るのは全然嫌じゃなかったけれど、最後まで関係を持つことだけは避けたかった。出発間際、姉に言われた言葉が引っ掛かっていた。それをどう話せばいいのか分からなかったし、最初の晩のことを思い出すたびあの時の恐怖がよみがえった。

ハワイでは5人で行動するのが当然という雰囲気になっていて、時には女性と男性に分かれて出かけもした。寛さんと離れている時間が長くなるにつれ、寂しさが募ったけれど若い二人と楽しそうにしている寛さんに二人きりになりたいとは言いだせなかった。

こうして夫婦の絆を結ぶこともなく、ゆっくり話し合う機会もないまま、あっという間に私たちの新婚旅行は終わった。

◇「娘」であることを選択してしまった新婚同居生活

旅行から帰った翌日に、お土産を抱えて私は職場に出勤した。

仕事を終えて職場を出ると、遅番でもないのに寛さんが車で迎えに来てくれていた。これから毎日迎えに来てくれる優しい旦那様。思わず頬に口づけしたくなった。「ただいま」って。この人と結婚できた喜びがまた込み上げてきた。

車の中では家に着くまでの間、職場で冷やかされたことなどいろいろな話をした。話題は尽きなかった。家についても私は話しどおしだった。

夕食の時、そこに母が割り込んできた。

「寛さんのおうちでも夕飯の残りをお弁当に入れたりするの」

母が寛さんにあれこれと尋ね、寛さんは律儀にそれに答えそのまま話題を膨らませていた。私が話に加わると、母が不快感を示しているように思えた。ちょっとでも私が寛さんに甘えたことを言うとすごく嫌な顔をしたように感じた。

二人だけで話をし始めると必ず母が割り込んでくることに、私は気づいた。寛さんと話す母が楽しそうだったから、私は寛さんとは後でゆっくり話をすればいいやと思い、その後は二人が話をしているのを聞きながら食事を終えることにした。

その晩私は、母の娘でいることと寛さんの妻であることを同時にできなくて、二人の前でどんな態度を取っていいか混乱していることに気づいた。夜ベッドの中で、一度は寛さんに話そうとした。

「私、しばらく変な態度取るかもしれない。お母さんの前では娘でいなくちゃいけない気がするし、寛さんの妻の顔より娘の顔を優先してしまう。どんな態度取っていいか分からないの」

でも、結局寛さんに話しかけることはできなかった。

なんとなく寛さんがよそよそしいように感じたから。旅行の時と違って私と距離を置いているのを感じた。気のせいだと思いたかったけれどこれまでと何か様子が違った。

翌日は日曜日だったので、お土産を持って挨拶回りをした。慌ただしく一日が過ぎ、寛さんは、食事が終わると新学期の準備なのかすぐ部屋で仕事を始めた。

「ねえ、これからもずっと、夜は仕事をするの。私と過ごす時間はないの」

ベッドに入ってきた寛さんに聞きたかった。だけど話かける雰囲気ではなかったので、明日も放っておかれたら聞こうと思いなおして言葉を飲み込んだ。そして、寛さんはその後もずっと夜は部屋にこもったままだったけれど、私はこの日聞きたかったことを最後まで言葉にできなかった。

4月1日、寛さんは新しい学校に赴任した。寛さんにとっては職場も家も何もかも新しくなってのスタートだった。

朝、寛さんに合わせていつもより少し早く起きた。朝食はすでに母が用意していたし、寛さんは自分で用意を全部したから、私は何をしたらいいか分からなくて茶の間でうろうろしていた。

「あんたはまだ出かけるまで時間があるでしょ」

と母に邪魔にされ、寛さんと一緒に朝ご飯を食べるのさえ、母の負担を増やすような気がした。寛さんが出勤するとき、せめて見送りをしようと玄関先まで行って、いってらっしゃいのキスをしようとしたところで母の存在を思い出して、すぐに茶の間に引っ込んだ。

その日も迎えに来てくれた車の中では、新しい学校のことを聞いたり職場での出来事を話題にしたりして、家に着くのがあっと言う間だった。家ではすでに母が夕飯を作って私たちを待っていた。

この日も母と寛さんはずっと話続けていた。まるで二人だけで食卓についているみたいだった。二人とも私の方に目線さえ向けなかった。話が終われば寛さんに話しかけられるかな、いつ終わるんだろうとずっと考えながら箸を進めた。話が途切れたときに、「ねえ」寛さんに声をかけた。一瞬、母ににらみつけられた気がした。食事の際はお母さんが寛さんと話をする時間なんだ。私は後でゆっくり話をすればいい。そう自分を納得させた。

寂しい。結婚して1日中離れていたのはこの日が初めてだった。大事なものが足りない気がした。寛さん不足。足りないものを埋めるため、ベッドで寛さんに抱きつきたかった。寛さんの腕の中で眠りたかった。でも、それ以上のことを要求されそうで怖くてできなかった。

私が夢見ていた結婚生活は、いつも二人が一緒にいて、彼が仕事から帰るのを食事の用意をしながら待ち、一緒にご飯を食べた後は仲良く話をしてお互いに理解を深めていくこと。そうして夜は愛を深めていく。そんな日は永遠に来なかったけれど。

翌日も寛さんは、食事が終わると仕事をしに部屋に入っていった。全く茶の間に降りてくる気配はなかった。

今までもこんな風に夜を過ごしていたのかな、それとも新しい学校に変わって大変なのかもしれないな、と思った。

家事一切はすべて母が仕切り、私がやることは全くなかった。これじゃ独身時代と何も変わらないと思いながら、私は茶の間でテレビを見たり本を読んだりして夜を過ごした。

それが毎日のことになったので、ある日、食事が終わって2時間ほど経った頃、「お茶くらい持っていきなさい」と母が言った。お茶を持っていくのはいいんだ、とウキウキして様子を見に行った。

私は、私が部屋に行けば寛さんが歓迎してくれると信じていた。私のために仕事を中断してくれると思っていた。だけど期待は裏切られた。

「はい、お茶持ってきた」

と机に置くと、喜んでくれてはいるけれど、仕事に集中しているようにも見えた。私邪魔かな、と思って「お仕事がんばって」とだけ声をかけて部屋を出た。

毎晩、仕事をする寛さんの部屋にお茶を持っていった。私にとっては寛さんの部屋だけが落ち着いて話ができる、寛さんに触れられたいと思える場所だった。だけど、机に向かう寛さんはペンを置くこともなく、二言三言言葉を返すだけ。私を見ようともしない。真横に立っても寛さんの手が私に触れることはなかった。

「仕事ばかりしないで、私にかまって」「そばにいられなくて寂しい」何度も心の中で叫んでいた。本当は寛さんの部屋でゆっくり話をしたかった。アルバムを見ながら子ども時代の話や学生時代の思い出などを聞きたかった。父親の前に娘が座って絵本を読み聞かせるように寛さんに包まれてアルバムを1ページずつ解説してほしかった。「アルバムを見せて」そんな簡単な言葉さえ言える雰囲気ではなかった。

贅沢は言わない。せめて1日に1時間、ううん30分でいい、二人だけで過ごしたかった。でも新しい学校になじむために頑張っているのだと思うと、そんな贅沢を言ってはいけないと自分の思いを口に出すことはできなかった。

いつも拒絶されている気がして彼の部屋に居続けることができなかった。話しかけても短く一言返ってくるだけ。母と話している時とは大違い。母には何でも笑顔で答えているのに、寛さんが私に笑顔を向けることはなかった。必死で話をしようとしても話が続かなかった。私は、長くても5分程度でしっぽを巻いて部屋を出るしかなかった。

その繰り返しに疲れ、寛さんの部屋に入ること自体を諦めた。私には、寛さんの部屋の扉が天岩戸のように感じられ、私が入るのを拒んでいるように思えた。


それでも、日中はまだ普通に接していられた。耳掃除をしてあげたら、「結婚したら奥さんにやってもらいたかったことの一つだ」と本当に喜んでくれた。こんなことならいつでもしてあげたのに、早く言ってくれればいいのに、寛さんがどんな結婚生活を思い描いていたのか話してくれたらいいのにと、一度も自分の考えを口にしない寛さんを見つめながら私は考えていた。

膝に乗る寛さんの頭が心地よかった。ずっとそうしていたかった。寛さんに触れていたかった。


母に促されて、お風呂に寛さんの背中を流しに行った。寛さんの裸を見ても怖くなかった。背中を洗いながらすき、って書いたらどんな反応を見せるかな、なんて思いながら背中を洗った。こんなことから少しずつ寛さんに触れることに慣れていこう、と思っていたのに、

「今度から声をかけてね」

と言ったのに、寛さんが声をかけてくれることはなかった。

休みの日に部屋の掃除をするだけでも寛さんは喜んでくれた。掃除機をかけながらこんなに幸せでいいのかしらと、ふと幸せすぎることが怖くなった。いつか必ずこの幸せが失われる日が来るんじゃないかと恐れてもいた。なぜか私は、幸せはいつか必ず奪われるものだと思い込んでいた。

二人きりで出かけたのはたったの二回。一度目は、結婚祝いにいただいた食事券でホテルにフランス料理を食べに行った。二人ともすごく緊張していたと思う。高級すぎて二人とも場違いに思えた。

マナーを思い出すのが精いっぱいで味なんか全然分からなかったけれど、カニのグラタンが出たことは覚えている。小さい頃から母に私はカニが嫌い、と言われ続けていたからカニは食べられないと思い込んでいた。だけど、嫌いと言える雰囲気ではなくて食べるしかない状況だった。食べてみたら意外においしくて、このときグラタンならカニが食べられるんだと知った。

ホテルを出て、駐車場へ向かうときに寛さんが、

「たまにはこんな食事もいいいね」と言った。

「年に何回かは来たいね」

私は答えた。

しかし、結婚した後二人で食事に行けたのはこの時だけだった。そして、二人だけのお出かけ

はそれから何か月もなかった。私が妻として誰かに紹介されたこともなかった。

家での食事も本当は毎日せめて一品、それが無理なら休みの日くらい手料理を食べてほしかった。だけどいつも一緒に帰った時にはご飯ができていたから、私の出る幕はなかった。休みの日も今日こそはせめて昼ご飯を、と下に降りて行っても、「台所は私の領域、勝手に触るな」と主張するかのように、気がつくともう母が用意をしていた。いつもそんな調子だった。

簡単なものでもいいから寛さんに私の作ったものを食べてもらいたい。だけど帰ってすぐの食卓に出せるものなどなかなか思いつかなかった。

母へのささやかな抵抗でようやく作れたのはインスタントラーメン。せめてそんなものでも食べてもらいたい、そう思って食卓に夕飯が並んで二人が食べだしてから台所に立った。急いで作って「寛さんも食べるでしょ」、と声をかけたら、うれしそうに「うん」って返事をもらえた。二人で一つのラーメンを分けただけだったけれど、ようやく作れた一品。食後、寛さんが部屋に戻ってから当然のように母にすごく怒られた。

「あんたは何を考えているの。寛さんにインスタントものを食べさせるなんて。そんなに私が作ったものが気に入らないの」

もう台所に立つことも許されない気がした。何をやっていいのか分からない。どんなことなら許されて、どんなことをしてはいけないのか。私は母の一挙手一投足をびくびくしながら観察した。そして、母がしろと言ったこと以外全く手を出せなくなった。妻として夫に何もできないストレスはどんどんたまっていった。

だけど、寛さんが来て母は父が生きていた時以上に生き生きとしていた。毎日張り切って寛さんの世話を焼く姿を目にすると、お母さんが喜んでいるなら仕方ない、私さえ我慢すれば丸く収まることだと自分に言い聞かせた。

そんな時に、寛さんが、「遠足の弁当を作ってほしい」と私に言った。日ごろは給食があってお弁当を作る必要がなかったから、初めて妻の仕事ができるようですごくうれしかった。台所に立つ名目ができたと結構張り切って、母にも協力してもらってなんとか形になるものができた。卵焼きはしょっぱすぎたかな、と端を食べて思ったけれど、帰ってきた寛さんは私の焼いた卵焼きをすごくほめてくれた。

私たちが結婚して1か月が過ぎた頃、母が1週間、姉の義母と旅行に出かけた。ようやく妻らしいことができると張り切ったのはいいけれど、日ごろ何もさせてもらっていなかったつけは大きかった。

寝過して朝ごはんの支度もできず、カップラーメンを食べさせて寛さんを出勤させた日もあった。夜はメインとサラダくらいの簡単なものしか作れなかったけれど、寛さんはとても喜んでくれた。

夢だった寛さんとのお買い物がこの時初めて叶えられた。二人でスーパーに買い物に行き夕飯の材料を買って帰った。手早くご飯を作って二人きりで食べた。幸せだった。

だけど食事が終わればいつものように寛さんは部屋に引っ込んでしまった。

「ねえ、寛さん、お母さんいないんだよ、一緒にテレビ見ようよ。こんな時くらい一緒にいてよ」

毎日そう言いたい思いを飲み込んだ。

普通のドラマに出てくるように、二人寄り添ってテレビを見ながらたわいない話をする、買い物に行く、そんな当たり前のことが私には夢でしかなかった。

しんどかったけれどようやく結婚生活らしいことができた1週間。最初で最後の二人きりの生活だった。

このときにいろいろなことを話し合ったり二人の仲を修復できたりすればよかったのに、私は寛さんに一言も自分の思いを話すことができなかった。

日曜日に私が休みでもどこにも出かけることはなかった。ゴールデンウィークも寛さんは部屋にこもって仕事をしていた。せっかくのお休みなのにどこへも行かないの、寂しさで心がいっぱいになった。でも忙しそうにしている寛さんに出かけたいとは言えなかった。逆に、去年まではこんなに忙しいのに私のために時間を取ってくれていたのかな、とありがたく思った。わがままを言うわけにはいかないと自分に言い聞かせて、寛さんが誘ってくれるのを待っていただけでお休みは終わってしまった。

不協和音はどんどん広がっていった。

一度母が寛さんの下着を買ってきたことがあった。こんなのでいいですか、と渡す母と恐縮する夫。そんなこともさせてもらえず情けなさでいっぱいになった私。

今なら、下着を買う必要があったのなら、母が私にお金をくれて買ってこいと言えばよかったのだと思う。それが普通ではないの。だけど母のやることは、一事が万事この調子だった。私にやらせるのではなく、母が自分で寛さんの世話を焼く。それをアピールし、寛さんが恐縮し感謝するから、なおのこと私には腹立たしい。夫の洗濯すらさせてはもらえない自分が情けなくて、存在価値がないと感じて自分を責めた。

「芳子の旦那さんは、用事があればなんでも芳子に言うけれど、寛さんはあんたに言わず私に言うわね」

母が自慢そうに私に言ったことがあった。事実なだけに何も言い返すことができなかった。それが私にとってどんなに辛く惨めなことだったか、二人とも全く気づいてはいなかった。だからなおさら私は一人苦しんだ。

私は寛さんのために何をすればいいんだろう、奥さんとしての役割って何なんだと混乱していた。

さらに、娘として母に見せる顔と女として寛さんに見せる顔、二つを同時に出すことができなくて、二人が一緒にいるときにどういう態度を取ればいいかどんどん分からなくなっていた。私は母に女としての姿を見せたくなかった。だから母がいるときは、今まで通り母の娘であることを優先するしかなかった。

それは母の前では寛さんと距離を置くことを意味した。妻として夫のそばにいるのではなく、娘として母を優先した。そんな態度を取るしかないことを申し訳ないと思いつつも、自分が混乱していること、どんな態度を取ればいいか悩んでいることを寛さんに話せなかった。

ある日、私は肩こりがひどくなり、母にマッサージをしてもらっていた。ちょっと疲れたから休むと言った母の代わりに寛さんがマッサージしてくれたことがあった。肩をもんでくれる寛さんと二人で話をした。久しぶりに寛さんの声も楽しげだった。

うつ伏せで顔を伏せていたのでしばらく気づかなかったが、なんだか変な空気を感じた。なんだろう、と顔を上げて母を見るとすごい形相で私を睨んでいた。あわてて、「やっぱりお母さんのほうがいい」と寛さんを拒否すると、母は当然と言うようにマッサージを再開してくれた。寂しげに私から離れる寛さんに心の中で謝りながら、急な態度の変化をきちんと説明することはできなかった。

また、風呂上がりにいつもしているようにバスタオル一枚で茶の間で髪を乾かしていた時のことだ。

珍しく寛さんが茶の間にいて、ちらちらとちょっとうれしそうに私の風呂上がりの姿を見ていたときだった。寛さんに裸を見られるのは全然嫌じゃなかった。妻の裸を見るのは夫の権利、とも思っていたからそこに寛さんがいても私は気にならなかった。というか、やっと寛さんが私の身体に興味を持ってくれたとうれしく思っていた。そこに母が入ってきた。私の姿を一目見るなり、

「みっともない。そんなことは部屋でやりなさい」

と言って私は茶の間を追い出された。いつもの風呂上がりと同じ格好なのに、今まで文句を言われたことなどないのに、と心の中では反発したし、よっぽど寛さんを誘って二階に上がろうかとも思ったがそんなことをしたら後で何を言われるか分からない。私は黙って二階に上がった。部屋で髪を乾かしていると、下から母が楽しそうに寛さんと話をしている声が聞こえてきた。また、幸せな時間をお母さんに邪魔された。夫と母の笑い声を聞きながら私は一人泣くことしかできなかった。

思えばこれが三つ目のつまずき。結婚式でキスのお披露目をせず、初夜を拒否し、母の目を気

にして夫と話すことを遠慮した。母の娘と寛さんの妻を同時にできなかった。

その時言えなかった言葉は、時間が経つにつれどんどん話す機会を見つけるハードルが高くなって、最初に言おうとした時の何倍もの勇気が必要になってしまい、結局最後まで言うべき言葉を言えなかったのだ。

◇母に夫を取られる

1日のうち起きている間に二人きりで過ごす時間は、帰りの車の時間を入れても30分もなかった。二人きりになりたい、いろんな話をしたい、そんな思いがどんどん募って、かまってもらえないことが私を不安にしていった。

いつまでもこんな状態ではだめだ。一度ゆっくり二人きりで話し合うべきだ。母との暮らしについても相談したかった。恋人だった時の気分に戻れば、寛さんが望むことができるかもしれない。寛さんが行きたがっていたラブホテルに行ってもいい。ともかく母のいないところで話し合おう。そう決心して、ありったけの勇気を振り絞って天岩戸を開けて、寛さんに話しかけた。

「ねえ、誕生日にどこかへ行って二人でお祝いしない」

寛さんは私が誘えばどこへでも行ってくれると信じていた。ところが寛さんの答えは、

「お母さんは?」

まさかの答え。そんな答えが返ってくるなんて想像もしていなかった。

「じゃあ、いい」

涙をこらえて、それだけの言葉をしぼりだして部屋を出た。

自分の部屋に戻って泣いた。それこそ清水の舞台から飛び降りるくらいの覚悟で、ありったけの勇気を出して話しかけたのに、拒絶されるなんて夢にも思わなかった。惨めだった。結婚してまだ1か月と少ししか過ぎていないのに、妻と二人きりになるよりも母親と一緒にいたいと言われるとは思いもしなかった。寛さんに愛されているという安心感ががらがらと音を立てて崩れていった。私の心はこの一言で崩壊した。

しかも寛さんの誕生日当日、母は私には何も言わず誕生日らしい豪華な夕飯を用意していた。反面、私は寛さんに言われたことがショックで誕生日プレゼントすら用意しなかったのだ。結婚して初めての誕生日だから、「あなたに首ったけ」と気持ちを込めてネクタイを送りたかったのに、寛さんの返事のショックから立ち直れず、買い物の時間も取れないまま、毎日迎えに来てくれる寛さんに買い物に行きたいとも言いだせず、迷っているうちに誕生日になってしまっていた。

食事の後片付けが済んでから、「寛さんが家ではこんな風に祝われたことがない、と感激していたわ」と自慢げに話す母になお一層私の惨めさは増加した。

その10日後、私の誕生日はいつも通りの食事。母どころか寛さんからのお祝いの言葉ひとつなく1日が終わった。結婚して最初の互いの誕生日を二人で祝うこともできず、何の思い出も二人で作ることができなかった。

去年の誕生日にはピアスをプレゼントしてくれた。そのピアスを失くしてしまったことに気づいた寛さんは、そっと新しいピアスをプレゼントしてくれた。優しかった寛さんはもういない。そして、私は家で自分から寛さんに話しかけることができなくなった。


寛さんは平日の夜と同じように休みの日もいつも、部屋に閉じこもって仕事をしていた。だが、母がどこかに行きたいと言えば、いつでもすぐどこにでも車を出した。

最初のうちは私も一緒に出かけた。母と三人でも寛さんと一緒に出かけられるのがうれしかった。けれど、車の中では運転席の寛さんと後ろの母がずっとしゃべっていた。車を降りれば寛さんと母が並んで話しながら歩き、私はその後ろをついていくだけ、惨めで寂しくて仕方がなかったけれど、二人はその構図を不自然とも何とも思っていないように感じた。わざと歩調を遅らせても二人は全然気にしなかった。

何度かそんな外出を繰り返した後、母がまたどこかに連れて行ってほしいと寛さんに言ってきた。私がいてもいなくても一緒。二人が仲良くしている姿を後ろから見ているだけの惨めな外出に私はもう耐えきれなくなっていた。

「私、行かないから。二人で行ってくれば」

少しは私の気持ちに気づいてくれるかと期待していたが結果は逆。二人でさっさと出かけてしまった。きっと母は車の中で私のことをわがままだとか何とか、批判しているのだろうなと思いながら、泣いた。

寛さんは、「一緒に来い」とも言ってくれない。私の誘いは断るくせに、母が言えばすぐに出かける夫の姿を私がどんな気持ちで見送っていたか、二人は全く気づいてくれなかった。

楽しそうに帰ってくると、予想通り母は私を「なんで一緒に来ないの」と叱りつけた。母に、「お母さんが寛さんを独占するから行きたくなかった」と言えるはずもなく、何も言わない私に母ももう何も言わず、その後は私に声をかけることもなく、二人で買い物に出かけるようになっていた。車がなくなっていて、二人が出かけたことに気づいたこともあった。出かけることを知らされもしないことに、私は一人部屋で泣いていた。

寛さんが私との時間を作ってくれないことが寂しくて仕方がないことを、私はどうしても寛さんに伝えることができなかった。養子に入ってくれたことだけでも感謝なのだから、寛さんの行動に対し不満を口にするわけにはいかないと思い込んでいた。自分が我慢しなくてはならないと自分自身に言い聞かせていた。

母の前で寛さんにどんな態度で接したらいいのか、分からなかった。母の顔色を窺い、母の機嫌を損ねないことだけを考えていた。

「夏休みにどこか旅行に行く?」

部屋にお茶を持っていったとき、寛さんがぼそりと聞いてきた。これまで、一度もどこかに出かけようと誘われたことがなかったから、とっさにどういう意味か分からなかった。お母さんと三人で出かけようと考えているのかと思って、「私はいい」とだけ答えて部屋を出た。

ちゃんと「三人で行くつもりか」とか、寛さんの気持ちを確認するとか、意地を張らず二人で出かけるようになっていったか気づいてくれたのだろうか? 意地を張らず二人で出かけることができていたら、二人の関係は変わっていたのかもしれない。そうしたら今こうやって泣き暮らすことはなかったのかもしれない。だけど、この頃にはもう寛さんは私を直接見なくなっていた。私はそのことに気づいてもどうしていいか分からなかったから、二人きりになることを諦めていた。


それでも後日、私たちが生まれ育った町の夏祭りに、夕食後、母に浴衣を着せてもらって、寛さんと二人で出かけることができた。念願の二人だけでの外出だった。

彼の実家に挨拶に行くと、お母さんとお兄さん一家だけでなく彼のお姉さんたちも家族で来ていてびっくりした。我が家は親戚がほとんどなく慶弔に集まるくらいだから、大家族と言うのに免疫が全くなかった。テーブルを二つ並べて祭りのごちそうが並んでいた。その場に何人いたのかも分からないくらいに圧倒された。

誰が誰とも分からなかったけれど、みんなが私を歓迎してくれて、寛さんの妻として扱ってくれたのがうれしかった。だけど、寛さんは私を座らせるとすっと離れていった。

お姉さんらしき人に「結婚生活はどう」と聞かれて、よっぽど、「仕事が大変みたいでいつも部屋で仕事をしていてかまってくれなくて寂しいけれど、今日はようやく二人で出かけられてとてもうれしい」と言おうかと思ったけれど、そんなことを言ったら寛さんが家族に責められそうで言えなかった。代わりに相手が望む無難な答えをした。思い返せばこの時が、私が寛さんの妻として扱われた、たった一度の機会だったのだ。

早々に家を辞し、お祭りに出かけた。

子どもの頃は、小遣いを貰って縁日を見るのが楽しみだった。小さい頃から母に縁日の食べ物は不衛生だから絶対食べるな、ときつく言われていたから、お祭りに行っても縁日のわた飴やたこ焼きなど食べたことがなかった。お祭りでお金を使うのは、型抜きくらいであとは祭りの雰囲気を楽しんでいた。時々祭りの帰りに父が近くのお店でたこ焼きを、買ってくれたりはした。

人が多かったので、手をつないで縁日を回った。久しぶりに寛さんが私に触れてくれた。私は初めて射的やわなげなどのゲームを間近で見た。射的などやったことがないという私に、

「お祭りの楽しみ方、全然知らないんだね」

と寛さんは言った。身体を乗り出して的を射る寛さん、残念ながら的は倒れなかったけれど、

見ているだけで楽しかった。

その後、浜で二人並んで花火を見た。ようやく訪れた二人きりの時間。私は、全身で「寛さんだ〜い好き」、と叫んでいた。二人で出かけた時だけは、私が安心して寛さんのそばにいていい時間。話しかけてもいいのだと思っていた。

「寛さんの家族、すごく私を歓迎してくれてうれしかった」

と言って、寛さんを見ると何か考え込んでいるように見えた。私は、去年花火大会に行った時よりも、ちょっとだけ並んで座る二人の距離があいていることに気づいてしまったから、

「私こんな調子で本当に再来年、寛さんのお母さんに寛さんの子どもを見せてあげることできるのかなあ」

と続けて言おうとした言葉を言うことがためらわれた。そしてこの日が二人きりで出かけた二度目で最後の時間になった。

独身時代、指輪は結婚した女のするもの、芳子みたいに結婚もしていないのに指輪なんかするものじゃない、と母に言われ続けたこともあり、ファッションリングをつけたことがなかった私は、最初の頃こそ結婚指輪がうれしくて仕方がなかったけれど、だんだん仕事の時に作業の邪魔になると感じるようになっていった。寛さんと出かけるときだけつければいいかな、と軽い気持ちで仕事に行くときは指輪をつけずに出勤することにした。

寛さんが新しい学校に赴任してすぐに、6年生の女の子が寛さんの結婚指輪を見つけて「先生、結婚しているの」と言われた、と照れながら話をしてくれた時には、指輪をしていることがとてもうれしそうだったのに、私が指輪をはずしたことに気づいた寛さんも指輪をはずしてしまった。自分が先にはずしたくせに彼が結婚指輪をはずすのは嫌だった。男の人の結婚指輪は虫よけ、女の人がいつ寄ってくるか分からないから。

「寛さんは指輪をはずしてはいや。寛さんみたいに素敵な人が指輪をしてなかったら女の人が誤解する。寛さんは私のものなんだから」そう言いたかった。でも、そんなことを言う資格がないことは嫌というほど分かっていた。彼が私との結婚を後悔していることを初めてはっきりと示したとしても仕方がないことだった。妻の役割の9割は母が担い、残り1割の義務を果たしていなかったのだから。

◇処女なんかさっさと捨てておけばよかった

ある日、寝室で片付けをしていると寛さんがドアのところに立ったまま、

「言いたいことがあったら言え、夫婦なんだから」

ためていた怒りを一気に吐き出した、という感じで珍しく声を荒げて言った。それでも夫婦という言葉をすごく言いづらそうだった。言うだけ言うとそのまま部屋に戻っていった。

突然のことに、

「言えって言ったっていつ言えばいいの」

私は、寛さんが立っていたドアに向かってつぶやいた。そして、そのまま床にうずくまって泣くことしかできなかった。

もしも、そのまま5秒でも待っていてくれたら声を出せたかもしれない。私から1メートル以上離れたところから言うだけ言って去るのではなく、せめて近づいてくれるなり椅子に座って話を聞く体制になってくれるなりしていたら自分の気持ちを話すことができたかもしれない。

話さないのではなく、話せないのだ。本当の夫婦になりたいこと、夫婦としての絆を築いていきたいこと、まともな結婚生活を送りたいこと、言いたいことはたくさんあった。

二人きりで結婚生活を営みたい、母と一緒では結婚生活など無理なのだと寛さんにも知ってほしかった。でも私は母の面倒をみなければいけない、母を一人にはできない。この矛盾を寛さんならなにかいい方法を考えてくれるかもしれないと訴えたかった。

だけど私はもう話しかけられない限り、寛さんと話ができなかった。声をかけることなんてできなくなっていた。寛さんは二人でまともに話をする時間など全く作ってくれようとしていないと私は感じていた。

ねえ、子どもにもそんな風に怒鳴るの、言いたいことがあっても言えない様子の子どもに怒鳴りつけるの。子どもには正面から向き合って話を聞きだすんじゃないの。どうして私には何も聞こうとしないの。私も苦しんでいることに気づいてほしかった。助けて。寛さん、助けて。私は心の中で何度も何度も訴えながら泣き続けた。


それから数日が過ぎた後、「今晩兄貴と飲みに行く」と寛さんが私に言った。

「二人の仲がうまくいっていないことを心配してくれているから話をしてくる」

「分かった」

と答えたけれど、心の中では私とはいつ話し合うつもりなんだろう、私も一度くらいお酒を飲みに連れて行ってくれてもいいのに、と思っていた。


初夜を思わず拒否してから、彼は私にほとんど触れてこなかった。抱きしめることもキスしようとすることもなく、抱きたいと言われたことも一度もなかった。ベッドに二人並んで眠るだけ。初めの頃は毎晩、今晩こそ迫ってくるのではないかとドキドキしながらベッドに入った。セックスが怖かったけれど少しは触れてほしい、せめてキスしてほしいと思っていた。だけど、全く話もしようとしない寛さんに慣れ、いつしか何もする気がないのだと、怖がる必要などないのだと思うようになっていた。

お兄さんと飲みに行った後も寛さんの様子は変わらない。相変わらず私には何も言わなかった。ところがある晩、ベッドに入ってしばらくしたら突然下着の中に手を入れられた。反射的にベッドから飛び出し、床にしゃがみこんだ。寛さんは「さわるだけだから」と言って、向こうを向いてしまった。

気が動転し何も言えなかった。新婚旅行で思わず拒否してから3か月、やっと寛さんが私に触れようとしてくれたのにどうして拒絶したんだろうと自分を責めた。触れられるのは平気だと思っていたのに、それも受け入れられないくらい情けない自分を責めた。自己嫌悪に陥った。寛さんをまた拒否してしまった罪悪感でいっぱいだった。心はイエスと言っているのに、身体が考えるより先に拒否していた。しばらくして少し気持ちが落ち着いてからベッドに戻った。寛さんはもう眠ってしまったようだった。

せめて、「さわるだけだから」と先に言ってくれていれば、「いいか」と声をかけてくれるとか名前を呼んでくれるとか、何でもいいから心の準備をする時間がほしかった。キスするとか胸に触るとか、突然でも受け入れられることから始めてくれれば逃げずに済んだかもしれないのだけれど、寛さんの要求は私にはハードルが高すぎた。

だけど寛さんにせめて先に声をかけて、心の準備をさせてほしいとすら言えなかった。何度も何度もこの時のことを思い出し、ちゃんと応じることができていたら別れることはなかったのかと後悔した。今も「さわるだけだから」と言った寛さんの声が耳に残っている。

翌朝、母から「昨日は一体何をしていたの。うるさくて眠れなかったじゃない」と文句を言われた。何があったか答えられるわけもなく、黙ってその場を逃げ出した。2階の音はすべて下に聞こえている、そのことがまた大きなプレッシャーになった。

翌日からまた、寛さんは私に触れようとはしなかった。最後に私に触れたのは飲んで帰ってきた日。職場の飲み会で珍しく酔っぱらって帰ってきた。部屋に行くのもしんどそうで、そんな寛さんを見るのは初めてだった。酔ってすぐ眠ってしまったのだと思っていたら、突然私を押さえつけてキスしてきた。

「いや、お酒臭い」

お酒の匂いがすごくて思わず寛さんを振り払った。寛さんはそのまま私から離れていった。

いつもは全くキスしてくれないのに、やっとキスしてくれたのに、お酒の匂いくらい我慢すればよかったのに。いつも逃げてから後悔した。

気持ちが少し落ち着いてから、ほかのところならキスしていいよ、と言おうかどうしようかと迷ったけれど、壁側を向いた寛さんに声をかけられなかった。

処女じゃなければよかった。学生時代に経験していたら、最初から寛さんの要求にこたえられたかもしれないのに。何度も何度も後悔した。そうしたら寛さんをこんなに苦しめることにならなかったのに。処女じゃなければ、ちゃんと受け入れられたのにと、繰り返し繰り返し自分を責めた。

時には、どうして学生時代に寛さんと関係を持っておかなかったのかと後悔した。大学4年にもなると周りの人はほとんど経験していた。真面目そうな子でさえ、経験していて私はだんだん話題についていけなくなった。あの頃どうして寛さんを京都に誘わなかったのかと後悔した。何度も京都での寛さんとのデートを想像した。学生時代なら親の目の届かないところでなら、自然に結ばれることができたかもしれないのに、と。

そんな状態で寛さんは夏休みに入った。今では、学校が夏休みでも教師は毎日出勤するが、当時は教師も自宅研修の名目で出勤する必要がなかった。寛さんが学校に行くのは週に1日。出勤しない日は私が車で通勤させてもらった。車で通勤し始めて気づいたのは、寛さんが毎日迎えにきてくれるのはうれしかったけれど、帰りにどこに寄ることもできずまっすぐ家に帰る日々は知らぬうちにストレスになっていたこと。迎えに来てもらってこんなことを考えるのは申し訳ないことだが、かごの鳥のような気分になってもいた。それが久しぶりに時間にとらわれない日々に変わった。仕事帰りにちょっと喫茶店によって気分転換をして帰ることもできた。

だけどそれは私たちの距離を広げることにもなった。

決まった時間に帰らない私。夕飯を食べずに待つ二人のことなど気遣いもしなかった。徐々に私への不満を母に対して口にし始めた寛さん。私は後から母に寛さんがこう言っていたと聞かされるだけだった。

直接口を利く回数がどんどん減っていって1日中、口を利かない日もあったかもしれない。寛さんは全身で話しかけるなとオーラを出しているように感じ始めていた。

何度か寛さんと関係を持つことを想像してみたけれど頭がそれを拒絶していた。触れられることすらいやだと感じるようになってしまったのだと気づくと、罪悪感にさいなまれ、寛さんが起きている間にベッドに入るのが怖くなった。自分の部屋で深夜まで過ごし寛さんが眠った頃を見計らってベッドに入る。そんな日を繰り返しながらも寛さんが話し合うために私の部屋に来てくれることを待っていた。


結婚前に、夏休みには毎年、教え子が寛さんの家を訪れると話してくれたことがあった。寛さんの生家は、海の近くだったから、子どもたちは寛さんの家でスイカをごちそうになり海辺に遊びに行くのだと話してくれた。結婚と同時に赴任校が変わったけれど、きっと今年も子どもたちが先生の家に遊びに来るのだと思っていた。私は寛さんが教え子に照れながらも私を奥さんとして紹介してくれることを、そして寛さんが子どもたちにとってどんな先生なのかを聞くのを楽しみにしていた。

夏休みの頃には、そうしたことを考える余裕もなかったが、お盆が過ぎてふと気づいた。

「今年は子どもたち、来ないの」

「実家のほうに来てもらった」

何気ない一言だった。もしかしたらいい関係とは言えない状態だったから、気を使ってこれまでのように親に相手を頼んだのかもしれない。だけど、もうそんなことさえ話してもらえないことが惨めで仕方がなかった。

私は寛さんの笑顔が大好きだった。温かくて周りの空気を和ませてくれる笑顔。でも結婚してから、いや旅行から帰ってからその笑顔を見ることはほとんどなかった。いつも暗い顔でうつむいていた。その原因が自分にあることが分かっていたから申し訳なさでいっぱいだった。自分でもどうしようもない、きちんと説明できない感情が私を支配していた。

久しぶりに日中寝室に寛さんが姿を見せた。数か月ぶりに私から声をかけた。

「寛さん、笑わなくなったね。私のせいだよね」

一瞬の沈黙の後、寛さんは一言こう言って部屋を出ていった。

「最近、怒りっぽくなった。子どもたちに悪いと思っている」

その一言を聞いて、私は寛さんのために身を引くことを考え始めた。独身時代、学校の様子を話す寛さんはとても楽しそうで、私は子どもに慕われるいい先生なのだと思っていた。寛さんが感情で子どもを叱るなんて考えられなかった。私は寛さんの仕事に悪影響を及ぼすほど寛さんを苦しめている。

罪悪感でいっぱいだった。寛さんの苦しみを解く解決策も分かっているのに、言葉で説明できない恐怖が彼を受け入れることを全身で拒否していた。寛さんは私が怯えていることに気づいていない。こんな気持ちをどう説明していいのか分からなかった。寛さんも一切その話題に触れようとしなかった。だからこんな私が寛さんのそばにいてはいけないと思った。

寛さんの部屋にいたときは、そばにいたい、触れてほしいと思うのだ。

寛さんの手が好きだった。ペンを握る手に触れたいと何度も思った。その手で触れてほしいと願っていた。

だけど、寛さんは私に触れようともしない。私を正面から見てくれることもなかった。よく我慢できないほどキスしたい、というけれど寛さんはそんな素振りを見せたことはなかった。だから私も手を伸ばすことができなかった。仕事の邪魔をしてはいけない、と思っていたからいつも5分もしないうちに部屋を出るしかなかった。本当はゆっくり話をしたり、抱き締められたりしたかったけれど、そんな雰囲気になったことは一度もなかった。それどころかいつの頃からか、全身で私を拒否しているように感じた。

ベッドに入っても話をするでもなくロマンチックな雰囲気になることもなく眠りにつくだけ。そばで眠りたかったけれど、私が望む以上のことを求められるのが怖くて話しかけることもそばに行くこともできなかった。寛さんが何を考えているのか全く分からず不安感だけがどんどん膨らんでいった。

◇母に給料をすべて渡す生活と、声にならない悲鳴

23歳で結婚したものが言うセリフではないけれど、私は少しずつ関係を深め自然に結ばれたかったのだ。結婚するということは新しい家族、子どもを作るという意味だということが分かっていなかったのだ。夫婦の関係とはどんなものか全く分かっていなかった。

いや、結婚というもの自体分かっていなかったのかもしれない。結婚式の準備には1年近くかけたけれど、結婚生活の準備など全くしていなかった。嫁に行くとか二人で新居を構えるのと違い、私の生活は全く変わらないから準備など考え付きもしなかった。

彼の荷物も私が仕事に行っている間に運び込まれ、帰ってきたときには荷ほどきも終わっていた。手伝うほどの荷物を持ってきていなかったこともあるが、洋服すら自分の手でたんすに納め終わっていた。

朝の準備も、食事は母が、身支度は自分でする人だったから、私は独身時代と同じ時間に起き、身支度を調えて朝食を食べ出勤。帰りは寛さんが迎えに来てくれるから二人で帰宅。互いに服を着替えたら、母が作ってくれていた夕食を食べ、片付けも風呂の用意もすべて母。洗濯も母が私たちの分をまとめてやってくれていた。二人の生活というものは全くなかった。すべてが母のペースで動いていた。

給料は二人とも母に給料袋ごと渡して、その中から互いに小遣いを貰っていた。父が死んでから、姉は給料を全額母に渡し、副業をしてその収入を小遣いにしていた。就職したとき、私は副業ができないから給料から3万円を貰い残りは母に生活費として渡していた。その3万円から交通費1万円強を出していたので、毎月赤字。ボーナスは全額自分のものにしてよかったからそれで毎月の赤を埋めていた。結婚してもその生活を続けていたのだ。

今考えればとんでもないことだが当時はそれを当然と考えていた。二人10万円で生活していたものが三人になったからといって、倍もかかるわけもなく私は寛さんの給料が当時いくらだったかを知らないけれど働いて6年、給料体系が私より良かったのだから、寛さんの実家のローンを差し引いても、母の手元にはほぼ倍の金額が入っていたことは確かだ。

二人でほとんど出かけなかった理由には、それもあったのかもしれない。たぶん寛さんにしてもガソリン代、煙草代、飲み会。ぎりぎりの金額だったのではないだろうか。独身時代は親と暮らす家のローンを払い、多少の生活費を家に入れていたとはいえ、給料の半額以上は自由に使えたはずだ。それが1か月5万しか手にできなくなったのだから、相当大変だったのではないだろうか。よく文句を言わなかったものだ。本当にやさしくてできたいい人だったのだ。

私はそんな生活がどんなにいびつなものであるかも全く分かっていなかった。

二人の関係がうまくいっていてそこにもう一人加わることで不協和音が生じたなら、その原因は三人目。そんな人間関係の定石をどうして気づいてくれなかったのか。学校でも子どもたちの間でよくあることではないのか。子どもの様子をいつも見ている人がどうしてこれだけ様子が変わってしまった私に何も聞かないのか。自分から悩みを言えない子どもだってたくさんいるはず。そんな子どもには教師のほうから声かけするのではないの。

なんで気づいてくれないの。私がどんなに寂しい思いをしているか。かまってほしくて泣いていたことに。避けたくて寛さんを避けていたわけではないことに。寛さんが嫌いで関係を持たないわけではないことに。嫌いな人と結婚するはずがない。大好きな人を受け入れられないことに私がどんなに苦しんでいるか気づいてほしかった。混乱した私を支えてほしかった。大丈夫だって言ってほしかった。私でいいと認めてほしかった。

助けて、私は全身で叫んでいた。だけど声に出すことができなかった。母の一挙手一投足に怯え、心とは逆に寛さんを避けるしかない日々。私のＳＯＳは寛さんに全く届かなかった。

寛さんに、母の目を恐れ、母の機嫌を悪くしないように母の前では娘としてふるまうしかできないことを話したかった。しかし、夫を取られたと感じていることをどちらにも言えなかった。何度も、「あなたの奥さんは誰、あなたはどっちと結婚したの」と言いたいと思った。けれど関係を持てない負い目があり、不満を一言も口にすることはできなかった。

でも、今思い返せば、不満を言いだせなかったのは、負い目だけのせいではなかったと思う。

私は、長年の習性で、聞かれないことを話してはいけないと思い込んでいた。

本当は、寛さんに助けてほしかった。私を護ってほしかった。支えてほしかった。愛されていると安心させてほしかった。だけど母のいる家で、私は寛さんに何も言えなかった。私は母の娘でいることを優先させてしまったから。女としての顔を母には見せたくなかったから。そして、寛さんが母ととても仲が良かったから。

妻として扱われないこと、夫を受け入れられないこと、妻の役割を何もしていないこと、罪悪感で自分を責め自己嫌悪に陥っていた。寛さんに助けを求めたくても声が出ない。そもそも話す機会がない。結婚する前と豹変してしまった原因に気づいてほしかった。私を支えてほしかったけれど寛さんは完全に私を無視していた。

寛さんは私を抱きたいとは一度も言わなかった。目でも言葉でも態度でも。ただ、無言で抗議しているのが伝わってきた。迫ってこないくせに理由も聞かず、ただ私を責めているようにしか感じられなかった。

そんな状態に耐えきれず、寛さんに向かって、「抱きたいならレイプすればいいじゃない」と叫んだ。もうそれ以外に関係を持つ方法が考えられなくなっていた。抱かれたくないわけじゃなかった。ただ、私は身体のきずなを結ぶ前に心のきずなを結びたかっただけなのだ。

まともに会話もできない中、どうしていいのか分からなかった。ベッドで裸になることを考えると嫌悪感が走った。怖かった。だから力ずくで関係を持ってもらうこと以外に解決策が見つけられなかった。

それに私の意に反して起きることなら、許されると思っていた。寛さんがすることなら、母は文句を言わないと感じていた。

でも、返ってきた言葉は、「勝手なことを言うな」だった。

寛さんが本気で私を怒ったたった一度のことだった。私の思いは寛さんに通じなかった。それどころか寛さんを傷つける言葉を吐いてしまったことに、その時は全く思い至らなかったのだ。

朝は寛さんが出勤してから起きた。迎えに来てくれた車の中では、気づまりなまま互いに無言で帰宅した。口を開けば非難されそうで怖かった。食事中も互いの存在は無視。部屋に早々に引きこもる寛さんと私が話すことは全くなくなった。互いの話し相手は母だけ。互いの様子を母から聞くのが普通のことになっていた。

しかも今まで見たことがないにきびでいっぱいの寛さんの顔。30過ぎの男性がにきびを作る原因なんて、分かりすぎるくらい分かった。欲求不満。私のせいだ。だけど私に触れようともしない、私に何も言わない寛さんに対し、私はもうどうしていいのか分からなかった。

寛さんにとって私は透明人間になっていたように感じていた。何か月も触れ合うこともなく過ごした。私と過ごす時間などないに等しい。部屋にこもりきりなのに、母はいつ寛さんと話をしているのだろう。私がいない時間を見計らって部屋から出てきていたのだろうか。それとも私が仕事で不在の時に話をしているのだろうか。総じて私より母のほうが寛さんと家にいる時間は長かった。

私がいないときの二人は何をしているのだろう、どんな話をしているのだろう。疑問が疑惑をよび二人に対しての不信感が募っていった。

そんな状態で、嫌な病気になってしまった。成人女性なら5人に1人はかかると言われている外陰部の病気。だけど場所が場所なだけに恥ずかしくて、医者に行くことができなかった。母にうつされたのか私がうつしたのかは分からないけれど、母はさっさと医者に行き治してしまった。そして、寛さんに私の病気を告げたのだ。

寛さんに知られたことが恥ずかしくて仕方がなかった。私には、寛さんが汚いものを見るように私を見たように感じた。その後私はようやく病院に行った。

ある夏の暑い日。寛さんが眠った頃を見計らって、部屋に入ると寛さんが自分のものを握っていた。怖かった。そして罪悪感が押し寄せて私は頭の中が真っ白になった。私は夫にこんな思いまでさせている、この部屋にはいられない。申し訳なさでいっぱいになり、掛け布団を手に、茶の間に下り泣きながら眠った。本当だったら毎日奥さんを抱いて眠れるはずだったのだ。私みたいなものと結婚したばかりに幸せな結婚生活ができないでいる。夫を受け入れられない情けなさで自分を責め、申し訳なさで泣くことしかできなかった。

なぜ、かたくなに彼を拒んでいたのか。彼の迫り方が急で心の準備ができなかったこともある。でもそれだけじゃない。寛さんの部屋では、くっついていたいと思っても寝室では説明のしようがないほどの嫌悪感と恐怖が募った。

翌日、茶の間で寝ている私を見た母は、夜になると黙って寛さんの部屋に布団を敷いた。その日から、寛さんは自分の部屋で寝ることを受け入れた。

私は寝室に寛さんが入れないようドアの前に椅子を置いて寝た。もしまた、何の予兆もなく迫られたらどうしよう、何をされるか分からない、その恐怖に支配され、まともに何も考えられなくなっていた。寛さんの気持ちなど思うゆとりはなかった。

翌朝寛さんに、

「寝室に入れなかったから靴下が取れなかった。少しは信用しろ」

と、怒鳴られた。だけど寛さんがいつ何をしてくるか分からない、予測できないから怖くて仕方がない。それでどう信用できるというのか、寛さんの行動が私を怯えさせていることを言いたかった。

だけど、長年家族の行動に文句を言ってはいけない、と思い込んでいたから、寛さんに自分から話すことができず、ただ寛さんが理由を聞いてくれるのを待っていた。

1週間経っても寛さんがベッドに戻ってくることはなかった。寂しさに泣き、意を決して寛さんの布団の中に潜り込んでみようかと考えたこともあった。だけどそんなことをしたら、寛さんは最後まで関係を持つことを私が求めているととらえるだろうと思うとまた､恐怖が襲ってきた。そんなことは無理だった。それに女のほうから男のもとへ行くことなど、あまりにはしたなくとんでもない行為に思え、ためらわずにはいられなかった。

何もできないまま、ただ申し訳なさと後悔で自分を責め、泣くことしかできなかった。私は自分の気持ちを素直に寛さんに伝えることがどうしてもできなかった。

そして私たちは完全に家庭内別居状態となった。

別々の部屋で寝て、夫婦で話をすることがなく、二人きりになることは全くない。1か月もしないうちに、私は寛さんに嫌われてしまった、口を利いてくれないくらいに怒っていると思い込んだ。

嫌われてしまった。嫌われて当然のことをした。母がいるところはもちろん、車の中という二人きりの空間でも話しかけることができなくなった。もともと、好意を持ってもらえていると感じる人とは気軽に話ができるけれど、少しでも嫌われていると感じる人には自分から話しかけることができない私は、寛さんに対しても嫌われてしまったと感じた途端、話しかけることができなくなってしまったのだ。
物事を悪いほうに考え込む心癖が私を負のループに落としていった。寛さんに愛されていることが私の自信になっていた。寛さんに相手にされなくなった、見捨てられたと感じたことで情けなく惨めで私の自我は崩壊し、そして私は壊れていった。

春の遠足では、悪戦苦闘しながらも初めてのお弁当づくりを嬉々としてやった。奥さんらしいことがしたくて仕方がなかった頃だった。秋にも遠足や運動会があったはずだが寛さんはもう、弁当を作ってほしいとは言わなかった。遠足がいつあったのかも知らない。二人の関係が悪くなっていたとしてもせめてそのくらいは言ってほしかった。妻の役割を何もしていないことは、私のストレスであり、こんなちょっとした出来事も私の中の罪悪感と寂しさを膨らませていったのだ。

とうとう寛さんは私たちが関係を持っていないことを母に話したらしい。母は、そのことをすぐに姉に話したらしく、初夜をあれだけからかった姉にも知られてしまった。だけど二人とも、ちゃんとした夫婦の関係を持てとも持つなとも言わず、ただあきれられただけだった。そして、新婚旅行をやり直せという話にもならず相変わらず寛さんのことはすべて母がやり、二人で話し合うこともなく、ただ日々が過ぎて行った。

母からは寛さんがこう言った、ああ言ったと私への不満を聞かされた。嬉々として寛さんから聞いたいろいろなことを聞かされるのが辛かった。特に、「関係を拒否する理由が分からない」と言っていたと何度も聞かされたのは辛く惨めだった。

夫婦関係の一番プライベートなことをどうして直接私に聞かずに母に聞くのか、私には分からなかった。新婚旅行から一度として、寛さんが私とその話をすることはなかった。その一番の問題を話し合うことなくすれ違い、ここまでこじれてしまったことが分からない人ではないのに、なぜ母に尋ねるのか。なぜ、私に直接聞こうとしないのか、と寂しさを募らせ、それすらも私に聞こうとしないほど私は嫌われてしまったのだと思い込んだ。

「お願いだから不満があるなら私に直接言うように寛さんに伝えて。私と話し合うように言って」

泣きながら何度も母に訴えた。私が寛さんを拒絶していると寛さんが思い込んでいるのは誤解だと言いたかった。本当に関係を持てないのか、外で試してみたかった。三人での生活に起因する辛い気持ちを訴えたかった。寛さんに、「二人で家を出るか」と言ってほしかった。母よりも私を選んでほしかった。

しかし、1か月待っても寛さんが私に直接話しかけてくれることはなかった。寛さんは話もしたくないほど私を嫌いになったのだと思うしかなかった。嫌われても仕方がないと諦めるしかなかった。

本当は寛さんに、「嫌いにならないで」と泣いてすがりつきたかった。だけど声に出すことができなかった。寛さんは全身で話しかけるな、とオーラを出しているように私は感じていた。

なぜ、寛さんは私に理由を聞こうとしないのか。話し合おうとしないのか。なぜ、繰り返し母に話すのか。いつも私たちの間に母を介在させるのはなぜなのか。

何度も理由を考えた。そして、寛さんはもう私がどうして受け入れられないかなんて知る気なんかないんだ。寛さんは私を抱く気なんかもうない癖に、自分に非がないことを母にアピールしているだけなんだと結論を出した。

◇「離婚したい」

大好きだった寛さんの笑顔を見られなくなって、いつも私の前では暗い顔の寛さんを意識して、罪悪感にさいなまれながらもどうしようもない日々。最後に名前を呼んでもらったのはいつのことだっただろう。「おい」と声をかけられることもない。寛さんが声をかけるのはいつも母に、だった。こんなの結婚生活じゃない。

夢に描いた結婚生活とは程遠い日々。夫は私に見向きもしない。私は怖くて夫に話しかけられない。夫が暗い顔をしているのは私のせい。新婚旅行から帰ってから、部屋に閉じこもってどこへも連れて行ってもらえないのも、話をしてもらえないのも私が初めに寛さんを拒否したせい。自分が悪いのだから文句を言う権利はない。私が我慢すればいいこと。

まともに口を利いてくれない、助けてくれない、全部私が悪い、自分を責め、罪悪感にさいなまれ、また自分を責める。その繰り返し。そして、私は自分が壊れていることに気づかず奈落の底に沈んでいった。

いつものように食事を終え寛さんが部屋に戻った後、耐えきれず泣きながら、「離婚したい」と母に弱音を吐いた。

本気で離婚を考えていたわけではなかった。例えるなら、夫婦げんかでどちらかが離婚すると口にするとか、友人に離婚するしかないかしら、と夫婦仲を愚痴るような、そんな気持ちで。

私はただ、恋人時代に戻りたかった。二人だけの時間を取り戻したかった。寛さんを独占したかった。これ以上、寛さんと母の仲睦まじい姿を見るのが辛かった。

娘がこれほど苦しんでいることに気づけば、母の態度も少しは変わると期待していた。それに私が離婚を考えるほど苦しんでいることを母が寛さんに伝えてくれれば、寛さんから何らかの返事がもらえると期待もしていた。

離婚の話し合いでもなんでもいいから、ともかく寛さんと二人きりで話がしたかった。私を無視しないで。私と話し合って。心の中で必死に叫んで出てきた言葉だった。私を受け止めてくれるつもりがあるのか、もう私を見限ってしまっていたのか、寛さんの気持ちが知りたかった。

私は寛さんが何らかの意思表示をしてくれるものと信じていた。寛さんの気持ちを聞いたうえでこれからのことを考えたかった。

でも、寛さんから返ってきた答えは沈黙。別れたいとも別れたくないとも、言葉だけでなく何のリアクションもなかった。いつもと同じように部屋にこもり、私に見向きもしなかった。予想もしていなかった無反応。私が離婚を口にした理由すら寛さんは聞いてくれなかった。

私は、寛さんはもう完全に私を見限っていたのだ、私との結婚を後悔し、離婚したくても優しいから言いだせなかったのだと解釈するしかなかった。


私が離婚したいと言いだしたことを母は、寛さんだけに伝えたわけではなかった。瞬くうちに姉夫婦、姉の舅姑、母は周り中に相談する形で広めていった。

姉の舅は突然、訪ねてくるなり私を責めた。主婦としての役割を担っているのは母であんたは何もしていない。いつまでも娘でいたらだめだ。わがままなことをやっているんじゃない。ご主人がかわいそうだ。心を入れ替えてご主人に仕えなさい。そんなことをまくし立てた。

指摘されたことは、繰り返し自分で責めてきたことだった。でも、事情を知らない他人から責められるのはさすがに辛かった。思わず、母が先にやってしまうから、やりたくてもやれないなどと反論して、一層顰蹙を買ってしまった。母に目で、「もう何も言うな」と制されて私は口を閉じた。

本当は正直にこう言うべきだったのだ。

「おっしゃる通り私は最低の妻です。妻としての役割はほとんどすべて母がやって私は何もしていません。だから寛さんのために、もっといい奥さんを見つけて幸せになっていただくために、別れるしかないんです」

と自分の思いを訴えてしまえば楽だったのだ。

自分自身最低だと自覚していることを責められるのはとても辛いことだった。でも、もっと辛かったのは、姉の舅の話をそばで聞いていた寛さんが私をかばって、

「順子もよく、やってくれていますよ」

と言ったこと。

こんな私をかばってくれる寛さんに何もしてあげられないことが一層私の罪悪感を深めた。

姉の舅は言いたいことを言うと帰っていった。私たち三人はその後何も話し合うことなく、それぞれが自分の部屋にこもった。

翌日から少しは寛さんのことを任せてくれるのかと期待したが、母は意地になったように寛さんの世話を焼き、私には一切手を出させなかった。

また別の日には、信仰するお寺に連れて行かれた。

「娘が急に離婚すると言いだして。二人はまだ夫婦の関係を持っていなかったようです。2階には上がりませんでしたので、私は全然気づきませんでした」

神妙な顔で相談し始めた母。いくら私もたまに行くお寺の僧侶とはいえ、初めて会う男の人に夫婦のデリケートな問題を話すことなどできなかった。しかも母の前で、夫に対する母の態度への不満など言えるはずもない。母が先手を打って、自分は二人の不和に無関係であることを強調した後ではなおさらだ。

私は二人が納得しやすいこと、「愛してくれない人に抱かれたくない。口も利かない人とそんな関係を持つのは無理」と抱かれることに嫌悪感を抱いていることだけを話した。

母に夫を取られた、夫が母としか話をしない。私を見ない。口も利いてくれない。それが辛い。惨めだ。母の前で本当の気持ちなど話せるはずもなかった。

「何かにとりつかれているように見える」

それが、相談者のくだした結論だった。後年それは真実だったと思い知らされた。

私が離婚を口にして1か月ほど経った頃、母が「寛さんが、『待つ』って言っていた」と私に伝えた。

「どういう意味?」

思わず聞き返した。私は話し合ってほしいとあれだけ言ったのに、いったい何を待つと寛さんは言っているのか全く思いつかなかった。

「あんたのほうから誘ってくるまで待つってことでしょ」

自信ありげに母は答えた。

その言葉に私の心は砕け散っていった。

待つってそういう意味？　心を入れ替えて関係を持つまで離婚しないで待ってやるけれど、それまで私の存在は無視する、ということ？　話し合う気はないということ。頭下げて抱いてくださいって頼めってこと。望まれてもいないのに私にどうしろというの。私から誘えって、そういうこと？

そんなことができればこんなに苦しんでいない。「話をしたい」と直接言えないのに。「そばにいたい」「キスして」の一言さえ言えないのに、そんなこと言えるわけがなかった。男の人に自分から迫るなんてできるわけがなかった。

私は二人の問題として解決していきたかった。私のセックスへの恐怖心は寛さんの協力がなければ解決のしようがないものだった。だけど寛さんは私のわがままとしてとらえていたのだ。どんなに好きでも身体が受け付けない。そのことを分かってほしかった。

心のきずなを結んでから身体の関係を持ちたいと思う私と、身体の関係だけを問題にする寛さん。言葉も交わさない状況をどれだけ続けても、互いにとって苦しいだけで何の解決にもならないと思えた。そして、最後通牒すら直接言ってはもらえないほど、私は嫌われてしまっていたのだと思い、もう二人の間を修復することは無理なのだと絶望した。

妻として扱われず、言葉もかけてもらえず、存在を無視されて、求められるのは身体だけなんて惨めすぎた。実際、寛さんに声をかけられるのをただ待つだけの私は、まるで顔見世でお客に声をかけられるのを待つ女性みたいなものじゃないか。でも私は娼婦じゃない。そんなことを言う寛さんなんか嫌いだ、大嫌いだ。それはボロボロになった私の心に残ったただ一つのプライドだった。


私はどんどん自分で自分を追い詰めていった。

ふと、昔見たドラマのセリフを思い出した。「無茶いう客は冷やかしだ」商品を買う気のない客は店に対して値引きでも無茶なことを言う、買う気のある客は店側のことも考えて交渉する、そんな意味だった。寛さんもそうなのかもしれない、との思いがよぎった。私を抱く気なんか全くないから、私が自分から誘うなんてしない、できないと分かっていて、誘うまで待つなんてひどい条件を出してきたのかな。疑問がどんどん湧き上がってきた。

それでも心の奥ではまだ、ひたすら寛さんが話し合いをしてくれるのを待っていた。私の気持ちを吐き出す機会を作ってくれるのを待っていた。

数日後、母から、「寛さんが自分も努力するって言っていたわ」と聞かされた。

話し合いをするのに努力が必要なの。帰宅する車の中でも一言も声をかけてこないのは、口も利きたくなかったからだったのか。努力しないと口も利けないほど寛さんは私を見限ったのだと嘆く半面、話し合いさえすれば、事情を説明さえすればやり直せるかもしれないと心の奥底で期待して、寛さんが話し合ってくれるのを待っていた。だけどそんな日は来なかった。

これ以上寛さんを苦しめたくなかった。私の大好きな笑顔を取り戻してほしかった。私は寛さんを幸せにしてあげられない。こんな女と結婚したことを後悔しているに違いない。でも私にはどうすることもできないことが嫌というほど分かってしまったから、身を引くしかないと思い込んだ。

辛い、でも仕方がない。私の幸せは寛さんのそばにいることだけど、私では寛さんを幸せにできない。安らぎを与えてあげたかったのに苦しめただけだった。寛さんは私なんかのために苦しむ必要なんかない。寛さんは幸せな人生を歩むべき人だ。寛さんに幸せになってほしい。ただそれだけを考えた。

久しぶりに手首を切った。痛みを感じ血が腕をつたうのを見つめながら、「流れていけ、全部身体から出ていけ」と寛さんへの思いがすべて流れることを祈った。

寛さんと付き合っていた頃は一度も手首を切ったことがなかったな、そんなことにいまさらながら気づいた。本当に寛さんは私の心の支えだったのだ。

これから寛さんなしで生きていかなくてはならない。そのことを、自分に言い聞かせた。彼がそばにいなくなっても生きていける？　彼に愛されなくなったらどうすればいい？　どうやって乗り切ればいいの？

高校生の時に出会って7年、ずっと見つめていた人を失うことができるの。バス停で出会い、バイト先で言葉を交わして大学時代に付き合って。この人しかいないと思い続けた人と別れることができるの？　運命の人と信じてきた人と離れられるの？　自分自身に問いかけた。

30年後に一人きりでも構わない。寛さんさえ幸せになっていれば私はそれでいい。自分がどれだけ辛い思いをしても、これ以上寛さんを苦しめたくない。新しい人生を寛さんに踏み出してもらいたい。私の心はそう答えた。私は寛さんの人生から退場するしかなかった。自分の幸せを見ず知らずの人に譲るしかなかった。

諦めろ。心を閉ざしてしまえ。何も考えないでおけ。寛さんの幸せのためだ。自分に何度も何度も言い聞かせた。

寛さんは素敵な人だから、すぐにいい人を見つけられるはず。寛さんは気づいていなかったけれど、赴任先の学校での最初の飲み会の話を聞いた時、粉をかけている女性がいることに私はすぐ気がついた。見合いでも好条件と取られるはず。

どうかどうか誰か私の代わりに寛さんを幸せにしてあげてください。私にはもう無理だから。

寛さんを苦しめるだけだから。寛さんさえ幸せならば私はどうでもいいから。誰か寛さんに笑顔を取り戻させてください。祈る気持ちで私は大事な人の手を離す決意をした。

そして寛さんが私のことなど忘れて新しい人生を踏み出しやすいよう、心を閉ざして寛さんを避けることに徹することにした。


離婚を口にした後、図書館で何冊も離婚に関する本を借りて読んだ。本を読んではじめて、性生活を拒否するということが離婚申し立ての理由になることを知った。有無を言わさず離婚できるくらい私がしたことは悪いこと。いや、できなかったということが理由はどうであれ許されないことだと分かった。

夫婦で口を利かないことは、離婚理由にならないことも書かれていた。極論を言えば、生活費を入れ不貞を働かずセックスをしていれば、結婚生活が営まれているとみなされるらしい。

妻の存在を無視していても、したいと意思表示をしていれば被害者。受け入れたいと思っていても、言葉にできず身体が受け付けなかった私が結婚生活を破たんさせた悪者。何を言われても仕方がないほど、私は悪いことをしてしまった。非難されればどんな弁解も許されないことをしたのだと嫌というほど分かった。

寛さんが怒り私を無視するのも当然だったのだ。だけどそれならなぜ、夫の権利を主張しなかったのか、せめて初めに文句を言ってほしかったとまた涙した。

離婚の話が出て2か月後、寛さんのお父様の一周忌があった。

寛さんからは、「今度の日曜、法事があるけれど僕一人で行くから来なくていい」と一言ぽつりと言われただけ。私はうなずくことしかできなかった。この一言で、寛さんがもう私とやり直す気がないことがはっきり分かった。

自分の部屋に戻って泣いた。寛さんの家族だけが私を寛さんの妻とみてくれていたのに、大事な時に妻としての役目を果たすことができなかった。もう寛さんの家族が私を歓迎してくれることはない。寛さんは私を妻と見てはいないのだということを心の底から実感した。完全に見限られてしまっていた。


ずっと寛さんとの結婚を夢見ていた。ずっと彼だけを見つめてきた。

本心では別れたくはなかった。寛さんが今の私を受け入れてくれることを心の奥底では望んでいた。私を受け止めてほしかった。

けれど、二人で離婚をするかしないかの話し合いを一度もしないまま、寛さんと母との間で、離婚は自明のこととして話が進められていたことに私が気づいた時には、もう私の周りには離婚へのレールが敷かれていた。それ以外の道はなかった。私は母から時々二人が話し合った内容を聞かされるだけだった。

本気で離婚したいと言ったわけじゃない、なんて言える雰囲気ではなかった。自分の言葉を撤回する機会もなく、ゆっくり気持ちを整理する時間も与えられないまま私はどんどん追い詰められていった。

離婚することを前提として、最後にちゃんと話し合いなさいと、母が二人での話し合いの場を作ってくれたのは、それからまた1か月が過ぎた頃だった。寛さんが母に不満をぶち明け、私が寛さんに話し合ってほしいと伝えてくれと言いだしてからは3か月が過ぎていた。

話し合いなど初めからできる雰囲気ではなかった。隣の部屋にいる母や姉に話し声が聞こえるかもしれない状況で、私が本心を話せるはずもなかった。寛さんも一言も話さない。二人の間に漂う空気は、殺伐としたものだった。あれだけ話し合うことを望んでいたけれど、もうすべてが終わっている気分になった。

その空気に耐えられず、私は一方的に寛さんにひどいことを言った。心にもないことならいくらでも言えた。寛さんが私に幻滅してさっさと次の人を見つけてもらうためにも寛さんを否定する言葉を並べた。

「女みたいに話さないで。大きな声を出さないで。顔も見たくない、そばにいられるのはいや」

こんなひどいことを言いながらも、まだ私は一筋の細い糸のような期待を心の片隅に持っていた。寛さんが別れたくないと言ってくれるのではないかと。寛さんの本心が聞きたかったから、寛さんも怒れば何か言ってくれるのではないかと思って、半狂乱になって泣き叫んだ。だけど寛さんは最後まで自分の気持ちを話してはくれなかった。

こんなひどいことを言ったのに、翌日からも寛さんは毎日職場に私を迎えに来てくれた。なぜ私を見捨てないのだろう、なぜ黙って毎日職場まで迎えに来てくれるのだろう。義務感から迎えに来てくれているように感じてなおのこと辛く、ありがとうの一言も言えない私だった。

心の中で話しかけてほしいと祈りながらも、寛さんから「嫌いだ」と言われるのが怖くて、涙をこらえるためにずっと外を眺め、家に着くと一目散に部屋を目指して階段を駆け上がった。涙が零れ落ちるのを寛さんや母に見られないように。

寛さんは実家に離婚を告げに行き、家に戻ってくるなと言われたと私に告げた。一人暮らしを始めると。母から先にそのことは聞かされていたけれど、直接告げられてすべてが終わったと感じた。

「一緒に連れて行って」もう少しで声が出そうになった。一緒に家を出ていきたかった。寛さんと二人きりで初めからやり直したかった。だけど私は自分の苦しみを伝える努力を何もせず、ただ寛さんが気づいてくれるのを待っていただけなのだから、この結果は仕方のないことだった。

私は寛さんの前で初めて涙を流した。

それに、離婚話が出てすぐの頃、「倒れたから早く帰ってきて」と職場に母から電話があって、急ぎ帰ってみると母は寝込んでいた。

「あんたがいないと私は生きていけない。あんただけが頼りだ」

母は、そう言ってすがりついてきた。寛さんは私を必要だと一度も言ってくれなかったから、私は自分を必要としてくれる人のそばにいることを選ぶしかなかった。


寛さんが母ととても仲良くしていて、私が邪魔もののように感じていた頃には、私が家を出て寛さんに家に残ってもらうことも考えた。養子に入ってもらうとき、戸籍上母の養子として私と結婚していたから、私と離婚しても寛さんと母との親子関係を継続することは可能だと思った。私が死んだら、寛さんと母は二人で暮らし、そのうち別の人と結婚して母と家を守ってくれるだろうかとも考えた。

だが、離婚がほぼ現実のこととなり寛さんがいつ家を出ていくかという話がでる頃になると、母は手のひらを返したように寛さんへの不満を口にし始めた。

「いいです、いいです、っていつも遠慮して、よくなくても言うから、ほんとはどっちなのか分からない、男のくせにはっきり言えばいいのにね」

「早く出ていけばいいのに」

そんなことを私に聞かせる。だったらどうして私たちの間に割り込んだの、初めの頃の愛想の良さはどこへいったの、そんな思いを母に言えるはずもなく黙って聞くしかなかった。母の態度の変化に、私が家を出て寛さんに家を継いでもらうという愚かな案は消すしかなかった。

母から、「別れるなら寛さんの家にあんたが頭を下げてくることと、寛さんのご先祖がすごく怒っているから一生わびていくことが条件だ」、と言われた。

離婚するのは私だけが悪いわけではない、という思いはあったけれど、私が結婚を破たんさせたことはよく分かっていた。弁解のしようもないほど悪いことをしたのだから、頭を下げるのは当然のことに思えた。ともかくこの苦しみから逃げ出したかった。そして、寛さんに新しい人生を歩んでほしかった。

母と二人、寛さんのお母さんの前で土下座して謝った。

「申し訳ございません」

手を突いて謝る私に寛さんのお母さんは、「寛がかわいそうだ」と言った。ほかにも何か言っていたけれどあとは全く覚えていない。でも、家に帰ってから母は、「寛さんのお母さん、あんたを結婚詐欺で訴えると言っていたわ」と言った。

その後、結婚式で仲人をしてくれた私の小学校時代の恩師のところへ離婚を報告に行った。寛さんと私とそして母の三人で。当然のように母は私と寛さんの間に座った。

寛さんが先生に話を切り出した。

「二人でいろいろ話し合ったけれど、順子が自分と関係を持つのを嫌だと言っている」と話を切り出した。その一言を聞いて寛さんが離婚の理由を、肉体関係だけの問題と考えていることを知った。それを持ちだされたら私は何も言えない。けれど、私たちはいつ話し合いをしたというの？　私が離婚したいと言いだした理由も知ろうとしなかったくせに。離婚をするかしないかなんて二人で一度も話し合ったことなんてないじゃない。そんな思いで頭がいっぱいになった。

１００％私が悪いわけじゃない、寛さんだって私を全くかまってくれなかったのに、自分は被害者だとふるまうのが許せなかった。そんな思いの一方、寛さんの言葉を否定するわけにはいかない。すべて私が悪いことにしておけばいい、理由なんかどうでもいいじゃないか。心の中でぐるぐるといろいろな思いが渦巻いていた。寛さんがどんなふうに話を進めていたか全然耳に入ってこなかった。

突然先生は、「そんな気分になったことはないのか」と私に話を振ってきた。

恩師にそんなことを聞かれてもどう答えていいものか一瞬迷った。

「抱かれたいと思ったことはないのか」

と重ねて聞かれた。二人きりでゆっくり時間を過ごしたこと自体がなかったし、ロマンチックなムードを作ることも、抱きたいと言われたこともないのだから、そんな気になりようがなかったのだ。本当は寛さんの部屋に行くたびそばにいたいと感じていた。触れてほしいと思っていた。抱きしめられたいとは何度も思ったけれど、抱かれたいと思ったことはなかった。それに母の前で性的な話をしたくなかった。

だから「一度もない」とだけ答えた。

先生の奥さんが、「しばらく二人は別居してみたら」と提案してくれた。一瞬、それなら別れなくてもいいかもしれないと心が躍ったが、先生は「それはだめだ」と決め付けた。

「学校にも報告し、校長から転任の話も出たが変えてもらわなくていい、と言いました。名字が変わるのは、子どもたちが混乱しないよう年度が替わるのを待ってからにするつもりで話し合いました」

初めて聞く話が耳に入ってきた。そんなこともきっと母と話し合ったことなんだろうな、と思いながら聞いていた。

帰り際、先生は一言、「あんたを見そこなった」と私に言った。その言葉が私の心に突き刺さった。先生に最低の女とみなされてしまったのが辛かった。

家に戻ってから、「奥さんが帰り際、寛さんのことを男じゃないわと言っていたわ」と母から聞かされた。その一言が唯一私にとっての救いだった。


一緒に時を刻んでいきたかった。私の幸せは寛さんと共に生きること。寛さんが私に夢だった子どもも与えてくれるはずだった。寛さんを失うことは、すべての幸せを失う道に進むことを示していた。それでも寛さんのために私は、幸せとは真逆の道を進むことを選ぶしかないと思い込んでいた。

　私の魂の半分は寛さんが持っているけれど、私は寛さんの魂を持つことができなかった。寛さんを失うと同時に私は自分自身を失った。私の価値は寛さんに愛されている自信に基づくものだったから。寛さんが私を特別な存在にしてくれたから、自分に自信が持てた。寛さんに見捨てられたときに、私は女としての価値も自分自身もすべてを失って抜け殻になった。


　寛さんは、別れの言葉も告げず私の知らないうちに出ていった。仕事から帰ってきたら寛さんのものは何一つ残っていなかった。改めて、私たちには二人のもの、共有したものが一つもなかったことに気づかされた。普通離婚する際に話し合う共有財産と呼べるものが何一つなかった。二人とも母から小遣いを貰う立場だったから、分け合うお金さえなかったのだ。こうして私は処女妻のまま、寛さんとの生活にピリオドを打った。

◇「もう二度と他人と暮らすのはまっぴらだ」と母は言った

　ようやく楽になれた、もうこれで寛さんと母のことで苦しまなくて済む。ホッとした私に母が言った。

「あんたのせいで何百万も無駄になったわ」

「もう二度と他人と暮らすのはまっぴらだ」

だったら、なんであんなに私たちの間に割り込んできたの、心の中で叫んだ。

「見合いもできない。離婚した本当の理由は言えないし、私を悪者にするしかないわ」

離婚話が出ている時は、さっさと別れろ、とばかりの態度だったのに、離婚した途端に母は私を責めたてた。

母を悪者にするくらいなら見合いなどできなくていい。母と暮らすことが私の結婚の絶対条件だった。

夫と暮らさない結婚形態なんか思いつかなかったから、母と暮らす間はもう二度と結婚できないということを噛みしめるしかなかった。私の旦那様は寛さんだけ、それでよかった。

姉も離婚するまでは一言も私に言わなかったくせに離婚した途端、「せっかく結婚したのに」と一言だけ言った。その結婚生活のスタートを邪魔する言葉を言ったとは想像もしていないことだろうなと思いながら、私はその一言を受け止めた。


寛さんがいなくなって、これで罪悪感に苦しめられることはないと思ったけれど、気持ちが楽だったのはほんのしばらくの間だけだった。もう幸せをいつ失うのかと心配をしなくていい。周りに嫉妬される立場にいたくない。他人に見下される立場のほうが私には居心地がよかった。

しばらくして、姉が初めての出産をして家に戻ってきた。静かだった家が急ににぎやかになり、赤ちゃん中心の生活が始まった。小さくて柔らかい赤ちゃんを抱いた。私も自分の赤ちゃんを抱きたい、でも私に赤ちゃんを授けてくれるはずの人はもういない。

寛さんに会いたい、会いたい、会いたい、魂が叫んでいた。

そして気づいた。寛さんは私に連絡先も残してくれなかったのだと。それは、もう二度と関わるつもりがないということを示していた。自業自得なのに、そのことに気づいて私はまた泣いた。

どこに住んでいるのか、どんなところなのかも分からないまま、何度も寛さんのアパートの部屋の前に何時間も座り込んで寛さんの帰りを待つ自分を想像した。帰ってきた寛さんにいざなわれて寛さんの部屋に入る。母のいないところで自分の気持ちを吐き出し、寛さんの腕の中で泣く、そんなシーンを何度も何度も繰り返し想像しては泣いた。

もしも、ＳＦ小説のようにパラレルワールドがあるのならその中のどれか一つに、きっと寛さんと幸せに暮らしている私がいる。寛さんの子どもを産んで一生連れ添う私がいる。だから、この世界で寛さんが私の前からいなくなっても、別の世界の自分の幸せを想像して生きていこう。そう何度も自分に言い聞かせた。

辛い時には、ちゃんと初夜を迎えて寛さんと二人きりで暮らす自分を想像した。男の子を抱く自分の姿。三人でのお出かけ。次は女の子。そんな夢を想像しながらまた泣いた。

それからは、出かけるたび、横に寛さんがいることを想像した。どこに行っても、新婚旅行の時に笑顔で私の腰にすっと手を添えて導いてくれた時のことを思い出した。寛さんが笑顔で私の顔を覗き込む姿を思い出した。

辛い時や仕事に行き詰まったときは、寛さんがそばにいてくれたらどんなアドバイスをもらえただろうと相談する姿を想像した。買い物に行けば、横にいて「いいんじゃない」と言ってくれたときを思い出した。おいしそうなものを見れば、寛さんに食べさせてあげたいと思った。いつでもどこでもふと気づくと寛さんがそばにいてくれた時を思い出し、一緒に行動するシーンを想像していた。

寛さんが興味を持ちそうな場所を見つけると一緒に行きたかったと思った。でも、一人で行く気にはならなかった。


4月に入って上司に離婚を報告し、同僚には秘密にしてもらったので、ほとんどの人が今まで通り私を新婚として扱うのも、離婚したことを知った人から理由を聞いてこられるのも辛かった。自分自身、理由など言葉で説明できる状態ではなかったから何と答えていいか分からなかった。ようやくひねり出した答えを繰り返した。

「恋愛は一対一だけど結婚は家族の問題だから」と。

一人になったことを実感すると、離婚したことに触れられたくないと思うと同時に、寛さんに捨てられたという思いがどんどん膨らんでいった。

捨てられて当然のことをしたのだから仕方がないこと、別れを先に言いだしたのは自分のほうなのに。

寛さんがいないことがさびしくてどうしようもなかった。自分でも情けないほど周りの目が気になり、いつもピリピリしていた。心に鎧をまとい、傷つかないよう虚勢を張っていた。誰に対してもきつい言葉が出てしまった。心に全く余裕などなく、職場で私を嫌う人がどんどん増えていくのに気づいてもどうすることもできなかった。

寛さんと離婚した後、忙しくして心の傷を見ないようにしていった。辛さと寂しさを紛らわせてくれたのは、職場の人たちとの夜遊び、そして読書だった。ビリヤードや飲み会、働く女性の生活を離婚してはじめて体験した。

ぽっかり空いた孤独な時間は読書で埋めた。本の世界に入り込んでいる時が現実を忘れられる唯一の時間だった。私の人生から寛さんが去っていったことを忘れるために。辛くてたまらないときは樋口康雄さんの音楽をかけた。優しい旋律に心が癒やされた。樋口さんの音は現実を忘れさせてくれた。音が奏でる風景をイメージすると、つかの間の心の平安を与えてくれた。苦しさを吐き出したくなったときは、ＣＤに合わせて歌った。
それでもどうしても苦しくて仕方のないときは、手首を切った。血が流れていくのを見ると少しずつ心が落ち着いてきた。そうやって心の均衡を取っていた。

母が通うお寺に私も頻繁に通いだした。何もしない時間がお寺に通う時間に変わり、忙しさに気がまぎれていった。お寺に行くと知り合った人たちから声をかけてもらえるようになり、孤独感が癒やされた。教えの話を聞いていると、一所懸命精進すれば認めてもらえる、周りの人が褒めてくれる、ようやく居場所を見つけた気になった。幸せになれなくてもいい。今より人生が悪くならなければそれでいい。これからは、お父さんと先祖の供養をしていこう、それだけが私のささやかな望みだった。
お寺では、分からないことがあったら自分で判断しないで上の人に聞くように、と教えられた。こんな風にしたけれど間違いないですか。これでよかったですか。自分の判断が肯定されることが認められることに繋がった。同時に職場でも自分の判断に自信が持てず、常に誰かの承認を求めるようになっていった。

数年後、まだ私が必死で自分自身を取り戻そうとしていた頃だった。母が、寛さんが結婚して別の家に養子に入ったことを聞いてきた。こんなに早く次の相手を見つけたのかと少し悲しい気持ちになったけれど、これでよかったんだと思った。罪の意識が少しだけ軽くなった気がした。

その頃、近所で私と同じように次女が跡を取った家の人が挨拶に来た。

「娘が子どもを産んで帰ってきました」

娘さんは結婚してしばらくはご主人と二人で暮らし、子どもが生まれたのを機に実家で両親と同居を始めたそうだ。そんな方法があったのだと、一時的に二人暮らしをすることが跡取り娘にも許されていたのだと、その時初めて知った。そんな解決策があったことを知って私はベッドの中で大泣きをした。

そんな生活ならば、少なくとも母に夫を取られたと感じることはなかっただろうし、会話ができなくなることもなかった。母の目がなければ、寛さんに甘えることもそばにいることもできただろうし、結局のところ私が壊れていった原因がすべて解消されたのだから。

せめて、もう少し精神的に成長していたなら、妻とはどんな立場かが分かっていれば私はあんなにも不安を感じることはなかったかもしれない。でも寛さんの妻の座にいたのは母だった。私は結婚式を挙げただけ。新婚生活なんて私たちにはなかった。結婚生活を営んでいたのは寛さんと母で、私は夜の営みだけを求められただけ。それに耐えられず私は、すべてを捨てることを選ぶしかなかったのだった。

母に取りこまれてしまった寛さんを取り戻す努力もせず、ただ泣いて諦めることしかできなかった自分がいかに愚かであったかに気づくためには、もっともっと時間が必要だった。

第3章

それでも、母を最優先にしなければと思い込んでいた

◇「なぜお前だけが母親の面倒をみなならんのや」

勉が職場に電話してきたのは、母が体調を崩して入院していた時のことだった。

勉とは大学時代、あるテレビドラマのファンクラブで出会った。子どもの頃、夢中で見ていた番組のファンクラブがあることをそのドラマのノベライズを読んで知った私は、出版から何年も経っていたことにも気づかずに迷うことなく入会手続きを取った。そんな手紙を送ったことも忘れるほど時間が経ってから、私の入会申込書は巡り巡って大学のある地域のファンクラブに届けられ、そこの責任者から連絡があった。

初めて参加した会合で親しくなったのが勉だった。周りの人の知識に圧倒されて居心地の悪い思いをしていたところだったので、話し相手ができただけで気が楽になった。その後の会合でも必ず顔を合わせていたが、大学卒業と同時に私はファンクラブを退会しそれきりになっていた。

久しぶりに聞く勉の声は、楽しかった学生時代を思い出させた。

「よく職場が分かったわね」

彼に連絡先を教えた記憶はなかった。

「地元で勤める、言うてたから探した」

仕事でそっちに行くことになったからついでに連絡した、会って食事でもしようと軽いノリで誘われれば、断る理由はなかった。

彼は職場の先輩と一緒にやってきて、食事をしながら近況を話してくれた。その後も仕事で来るたびに連絡をしてきた。その都度会って食事をした。頻繁に電話で話をするようにもなっていた。懐かしい学生時代の思い出や公開された映画の話をした。そうして寛さんがいなくなった隙間を埋めていってくれた。

半年ほど経った頃だっただろうか。仕事でまたやってきた勉と長い時間話をした。話がつきなくて、そのまま勉のホテルに泊まった日、離婚していたことを告げた。泣きだした私をただ黙って抱きしめてくれた。何もされないと確信できる安心感、恐怖を感じることなく男の腕の中で眠るのがこんなに心地いいものであると私は初めて知った。

それからしばらくして私は勉に会いに関西に出かけた。卒業して久しぶりに訪れた関西。ホテルの予約は勉に任せてあったが先にホテルにチェックインをして荷物を預けたい、と言ってもごまかされ、そのまま勉は私が学生時代には車がなくて行けなかった観光地などいろいろと案内してくれた。夜も更けてきてホテルの予約が気になった私は、

「そろそろホテルにチェックインしないとキャンセルになってしまう。ホテルはどこを予約したの」

と尋ねた。実は予約していないと言って連れて行かれたのはラブホテルだった。覚悟をしていなかったわけではなかったけれど、やはり怖かった。

ベッドで勉は小鳥がついばむような軽いキスを繰り返しながら、冗談を言って私を笑わせてくれた。笑うたび恐怖が薄らぎ、身体がリラックスしていった。

「どこまでならいい？」

真剣な表情で聞かれた。

「お願いだから、中には入れないで」

と素直な気持ちを告げた。

「別にかまへんで」

あまりにもあっさりと受け入れられたことに驚いた。でも、されない安心感で私の緊張はほぐれていた。嫌なことはされない、その安心感で勉に身体をゆだねることができた。

翌日の晩も同じようにラブホテルに泊まり、勉は前日と同じようにベッドで私の身体を愛撫しキスをした。しばらくそうしていて、

「ここまでやっていたら、入れてるのも同じやで」

そう言われてそんなものなのかと思った。

「じゃあいいよ」

勉が私の身体の中に入ってきた。痛くて無意識に身体が逃げようとするのが分かった。徐々に身体がずり上がった。勉は何度も私の足を引っ張って枕の位置に私の身体を戻していた。

「お前、ほんとに旦那とほとんどやってなかったんやな。処女のずりあがり、いうてな。経験あ

るもんにはまねできへんから、すぐ分かるわ」

「お前みたいないい女と別れたなんてお前の旦那、もったいないことしたなあ」

そう言って抱きしめてくれた。寛さんの名誉を汚しそうでさすがに、夫と一度も経験していないとは言えなかった。


勉は、私が行きたいと言うところにはどこでも連れて行ってくれたし、やりたいことは何でもさせてくれた。

関西人らしく、いつも笑いと話の落ちを考えている人だった。マイルールがあって、自分の意見を主張する人だったから、何を考えているか察する必要がなかった。それがとても楽だった。

私は家族の態度や発せられたほんの一言から、気持ちを忖度(そんたく)して相手の気に障らないように行動する癖がついていたから、何も考えず素直に自分を出せる関係に安心感を覚えていた。勉は、失ってしまっていた自信を少し私に取り戻させてくれた。

休みを利用して互いに行き来する日々が続いた。自然と結婚の話が出て、結婚式はこうしたい、ああしようと夢を語り合ったが問題はどこに住むか、だった。

私は勉に、母の面倒をみなければいけないこと、一度失敗しても仕事があったから生活できている、仕事を辞めて万一また結婚に失敗したら路頭に迷うことになる。あなたは次男で家を継ぐ必要はないし、手に職があるから転職できるはず。だから、養子に来てほしい、養子に来てくれないなら別れるしかないと訴えた。

彼は、自分の名字を捨てる気はないこと、長年の友人と別れたくないこと、自分の生活の基準は大阪にあることなどを主張し、なぜ次女のお前が親の面倒をみる必要があるのかと問うてきた。

「お姉さんの旦那は三男坊なんやろ。二人とも働いているのだったら十分親の面倒をみることができるはずなのに、なぜお前だけが面倒をみななならんのや」

私には母の面倒をみる責任があること、母と姉の折り合いが悪いことをどれだけ話しても勉に理解してはもらえなかった。母は体調を崩して長期入院をしていたからなおさら、母のそばを離れることはできなかった。

それからは、会うたびにこの繰り返しだった。最後は私が泣きだし、彼がもうやめよう、せっかく会ったのだから楽しい話をしようと言って、問題を先延ばしにしていた。


入院中の母に、今度の連休にまた旅行に出かけようと思うが体調はどうか、一時帰宅する予定があるかを尋ねた。「病院にいる」と答えたので、安心して勉のもとへ出かけることにした。ところが出かける前夜、母から突然の電話があった。

「病院の人、みんな家に帰るって言うし暇だから私も明日帰るわ」

頭が真っ白になった。

「私、明日から勉のところに行くって言っておいたじゃない。病院にいられないの」

「行きたかったら行けばいいじゃない。ともかく明日帰るから」

言いたいことだけ言って電話が切られた。

入院している親が戻ってくるのに、悠長に旅行などできるはずがなかった。ひとしきり泣いた後、彼に電話をかけた。

「ごめんなさい。明日は行けなくなった。お母さんが病院から戻ってくるから家にいないといけなくなった」

泣きながら繰り返し謝ったけれど、電話越しに彼の不満が伝わってきた。

「お前はいつもそうやって親を優先するねんな。もうええわ」

勉が本気で怒っているのが伝わってきたがどうしようもなかった。

翌日、帰ってきた母は、なぜ旅行に行ったはずの私が家にいるのか不思議そうな顔をした。

「旅行に行くんじゃなかったの」

「病気の親を置いて、出かけられるはずがないでしょう」と答えても、

「病状が落ち着いているから一時帰宅の許可が出たのだし、みんないなくなって病院にいても暇だったから」

親を心配して家に残った私の気持ちは全く理解されなかった。そしてその後、勉は一度も連絡をくれなかった。

振られたんだな、仕方がない。それでもきちんと別れを言いたいと思って電話した。そして言

われた言葉は、

「お前にとって一番はいつも母親で俺はどんなに頑張っても二番にしかなれない。もう疲れた。もういい」


連休に会いに行けなかったことがきっかけで、勉に振られたことを一時帰宅した母に告げた。母は、

「あんたは遊ばれただけや。本気で結婚考えていたら親に挨拶に来るはずや」

と私たちがつき合っていることを知ってから、繰り返し私に言っていたことをまた繰り返しただけだった。結婚の障害が母であることなど言えるはずもなく、私はこれまでと同じようにただ黙って母の言葉を聞いていた。


寛さんと勉、二人との別れを通し、私は自分を何の価値もない人間と思い込んだ。一人はセックスに執着し、そのくせ私には何のリアクションも起こさなかった。一人は私より地元での生活を取った。自分自身、彼のために母や仕事を捨てる気など全くなかったことは棚に上げ、無条件に私を選んでくれないことだけを嘆いた。

◇跡継ぎ娘という足枷

私が大学を卒業して家に戻った時、体調を崩して寝込んでいたように、母は自分一人だと生活に無頓着でまともな食事もしようとしなかった。一人だと肉や魚を食べるのさえ罪悪と感じるほど貧乏性で、人に尽くすことが母の生きがいなのだと思っていた。そばに尽くす相手がいないとだめになってしまう人だから、私がずっとそばにいないといけないと感じていた。母が生きている限り、もう結婚はできない。その事実を受け入れて、人生を諦めると少し気持ちが楽になるような気がした。

母の入院が長引いていたこともあり、私の生活はまた、職場とお寺と病院と家との往復になった。

週の半分は仕事帰りにそのまま会合に出席するようになった頃、ある会合で祐(ゆう)に出会った。みんなが頼りにしているという印象で目立つ人だった。転勤でこの地に来たらしく、それまで気づかなかったことが不思議なくらい存在感のある人だった。会合でよく顔を合わせるようになり、食堂でたまたま一緒になった時には、少しずつ個人的な話をするようになっていった。

ある時、誕生日のプレゼントには歳の数だけバラの花束を貰ってみたいと職場で話したら、本当にバラの花束を家まで持ってきてくれた人がいたことを話した。お礼にお酒を返したら結構高くついたけれど、部屋が1週間明るくなったと話したときだったか、職場の人の着ているシャツが素敵だったから男性用のシャツを結んで着てみたいと言ったら、そのシャツをプレゼントしてくれた人がいたと話した時だったか、

「君は警戒心がなさすぎる。普通の女性が男性に引く境界線に比べ、君の境界線は低すぎる」とあきれられたことがあった。

「私なんかを本気で相手にする男性なんかいないから、誰もそんな風には受け取っていないですよ」と笑って答えたら、

「下心がなくて親切にする男なんかいない。君は自己評価が低すぎる」と怒られた。

事実を言っているだけなのになぜこの人が他人のことでこんなに怒っているのか、私には分からなかった。ただ、私のことを本気で心配して怒ってくれていることが伝わってきた。

次第に会えば必ず言葉を交わし、そのうち外でも会う用件ができ、いつしか口実を作って個人的に会うようになった。ようやく退院し元気になった母も、同じ信仰を持つ人ということで祐と会うことを最初は好意的に見ていたように思えた。

付き合っているのか違うのかなんとなく中途半端な状態を続けていた頃、話の流れで一泊旅行に行くことになった。私たちはどういう関係なんだろう、夜はどうするつもりなのだろうかと少し不安に思っていたらしっかりシングルを2部屋取っていた。

男というものが少しは分かるようになっていたので、まじめな人だとは思っていても逆に彼の気持ちが分からなかった。

それからもつかず離れずの関係を続け、ある日自然に二人の足がホテルに向かった。だけど私は最後まで関係を持つことができなかった。裸で抱き合って、いざというところまで。

「ごめんなさい、無理。やめて」

　祐は黙って私の身体から離れた。罪悪感と諦め、これで捨てられるかもしれないという恐怖でいっぱいになった。惨めな思いでホテルを出た。もしかしたら私なんかが祐と関係を持つことを祐のご先祖様は認めてくれないのかもしれない。これでよかったのかも、捨てられても仕方がない、そんな風に考えながら家路に就いた。

　だけど祐の態度は全く変わらなかった。ホテルに行ったことなどなかったかのように今までと同じように会い、普通に会話を交わした。振られなかったことに安心した。

　その後彼は一人暮らしを始め、私は彼の部屋に入り浸った。そして、自然に結ばれた。毎日のように仕事帰りに部屋により、夕飯を作り一緒に食べた。テレビを見ながらたわいもない話をしたり、思い出話を聞いたり、彼がいないときに部屋に入り掃除をしてごみを出したり。

　寛さんと夢見ていた新婚生活を祐と叶えたようなものだった。そして私はどんどん祐のことが好きになっていった。

　一番うれしかったのは、私が言葉を飲み込んだ時それを察してくれたこと。

「話してごらん。ちゃんと聞くから」

「どうしたいの」

　必ず両手を私の肩に起き、私の目を見て尋ねてくれた。だから私は安心して自分の思いを伝えることができた。

だけど幸せな時間はいつまでも続かない。毎晩のように遅く帰る私に母の堪忍袋が切れた。ある日家に帰ると茶の間にチラシの裏を利用した母からの手紙が置いてあった。

「結婚を前提としない付き合いを仏さまは認めていません。早く別れなさい」

彼は農家の跡取り息子で、私は家を出られない。家の事情をお互い分かりすぎるくらい分かっていたから、初めから結婚などできるとは思っていなかった。それでも誰のせいで結婚できないか少しは考えてほしかった。親なら「そんなに好きなら結婚を考えなさい」と言ってほしかった。

また母は私から突然幸せを取り上げるのだ。

これまで寛さんや勉のことを非難したのと同じように彼の悪口を繰り返し私に吹き込んだ。

どうして、ほかの人は好きな人ができたら結婚して一生幸せに暮らしていけるのに、私だけはそれができないんだろう。いつも母の存在が壁になった。一晩泣いて、祐に母からの手紙のことを話した。そして抱きあって泣きながら別れることを決めた。

お寺に行ってもこれまでは意図しなくても会えていたのに、ぷっつり彼の姿を見ることはなくなった。辛い気持ちを抱えて毎日を過ごした。

今度ばかりは諦めきれなかった。初めから結婚できるとは思っていなかったのだ。だったらそれでいいじゃないか。仏さまに逆らっても今は祐のそばにいたい。その思いがどんどん強くなり、いけないことだと思いつつも祐に電話した。

「結婚はできないけれど転勤するまででいいから、そばにいさせて」

「うん。いいよ」

そうして今度は母に隠れて会うようになったけれど、二人の関係はもう対等ではなかった。私は心に負い目を持って彼に会うようになった。


今まで通りのようで今までとは違う関係。将来がないと互いに自覚してしまった関係は二人の間に微妙な溝を作っていった。それでも祐は私の話を何でも聞いてくれた。自分の考えも話してくれた。だから祐のそばにいたかった。祐のそばで安心していたかった。

寛さんの話もした。大好きな人と結婚したのに1年もしないうちに別れたこと。別れたすぐ後からずっと後悔していること。彼がどんなに優しくていい人だったか、私が愚かで傷つけてしまったこと、今まで誰にも言えなかった本当の気持ちを話した。彼は私が話し終わるまで黙って聞いてくれて、しばらくして「悲しいね」とつぶやいた。

「復縁できれば一番いいのにね」

「今の奥さんと離婚させて?」

「え、結婚してしまったの。じゃあもう駄目だ」

あっさり言い切った。そんなことは百も承知していた。それでも言葉にされた途端、悲しみが込み上げてきた。

◇トラウマだったのか…

元気になった母が長年の持病を治すため入院した際、折あしく私は風邪をひいて熱を出し寝込んでしまった。祐は心配して看病に行こうか、と言ってくれたが頑なに拒んで独り寝ていた。しんどいし、看病してもらえば楽なのに何で断ったのだろうとベッドの中で考えていた。近所の人に母がいないのをいいことに男を連れ込んでいると思われるのが嫌だったのが理由の一つ。もう一つの理由はこの部屋に寛さん以外の人を入れるのがためらわれたこと。まだ、寛さんが忘れられないんだな、悲しいことにそう気づいてしまった。

祐に看病してもらう姿を想像してみた。そして、何気なくこの部屋で祐とセックスできるか、と考えてみた。考え始めた途端に、全身がこの部屋での行為を拒絶し始めた。

絶対に無理！

想像するだけでぞっとした。寛さんに抱いたのと同じ反応だった。祐とは何度も肌を重ねているのに、なぜこの部屋では無理なのか。この生理的な嫌悪はどこから生まれてくるのかと考えた。過去の出来事を必死で思い出す。寛さんじゃなかった。寛さんが嫌だったのではなかった。この部屋でそういう関係を持つことが嫌だったのだ。

これをトラウマと呼ぶのか。高校生のとき母に命じられて姉の部屋を覗いた時の衝撃。母の嫌悪の表情。あれがずっとトラウマになっていたのだ。裸を見られるのは嫌じゃなかったのにベッドで裸になることへの嫌悪、最後まで関係を持つのをどうしてもイメージできなかった私が抱えるセックスへの恐怖は、そんなことをしたら母が嫌がる、許されない行為だと心に刻み込まれていたからだったのだ。

当時の姉の部屋が今は私の寝室。寛さんとともに眠った部屋だった。ようやく、寛さんの部屋では寛さんを求めていたのに、寝室では寛さんが怖くて仕方がなかった理由が分かった。あの頃、言葉にできなかった嫌悪の意味にようやく気づいた。

私は母にそういうことをしていると知られるのが嫌だったのだ。それを母が嫌悪していると知っていたから。三人で暮らすときに、娘と妻が同時にできなくて娘であることを選んでしまったときに、女としての自分を封印し、無垢な娘でいることを自分に課していたのだ。

だから本能的に環境を変えなければ寛さんを受け入れられないと感じていたのだ。どこか別の場所で本当に寛さんと関係を持てないのか試してみたいと考えていたのは、それほど母の存在が私には重かったのだ。

私は声をあげて泣いた。涙があとからあとから溢れてきた。19で母のいる家に男を連れ込む姉、30過ぎても部屋に男性を招じ入れられない妹。姉がやりたいことをやったツケがすべて私に回っていたのだ。もう遅い、今更理由が分かったところでどうしようもないことだ。私は、自分の人生を後悔し泣くしかなかった。

泣き疲れた後、理由が分かって私の心は少しだけ解放された。自分から祐を求めるようにもなった。肌の触れ合いが心と身体を解放するものだということを初めて知った。

それでも祐には、「早くいい人を見つけて結婚して幸せになってね」と何度もささやいていた。

「私には幸せになる権利も資格もないから」

祐にそう言うと、祐は怪訝な顔をして、「変なの」と言った。祐がなぜ私の考えを変だと言ったのか当時の私には全く分からなかった。自分が幸せになれないことは分かっていたし、私は寛さんに対して、大きな罪を犯したから幸せになってはいけないと本気で信じていた。それに母がいる限り彼についていくことはできないし、祐の親も私なんかを長男の嫁と認めるはずはないと分かっていたから。今だけでよかった。ほんのしばらくの間だけ夢を見ていたかった。

◇死にたい気持ちにとらわれる

だけどやっぱり幸せな時間は長くは続かなかった。ある日祐から転勤が決まり実家に帰ることを告げられた。恐れていた時がやってきた。否応なしに別れの時が来たのだ。

別れたくなかった。また、一人になるのは嫌だった。親を捨ててでも彼についていきたいと思った。しかし、さんざん結婚は別の人としなさいと言っていた私は、連れて行ってほしいとは言いだせなかった。せめて子どもがほしい、認知もしなくていいからと泣きつくことしかできなかった。

別れの日が近づくにつれ、彼の態度が変わっていった。実家での生活を語るその中に私の姿はなかった。一緒に死んでくれないかな、そんなことまで考え始めた。プロポーズしてくれない彼に私は焦っていた。何かと言えば自分の母の話をし、母親からああしろこうしろと要求されることを愚痴りながらも、母親に逆らえない彼に向かい「マザコン」と叫んだこともあったのだから、嫌気がさされても当然かもしれない。

言いたいことを素直に言えなくなり、言ってほしいことを言ってくれないと責め、心にもない言葉で非難する。寛さんにしたことと同じことを私は祐にしていた。

とうとう祐が、

「最近おかしいよ」

と私を非難した。自分でも分かっているのだ。だけど私は感情のコントロールができなくなっていた。

「ごめん、僕のせいだよね」

泣き出す私に祐がポツリとつぶやいた。

もうあと数日で実家に戻るというときになって祐は、「結婚しよう。必ず迎えにくるから」その言葉を残し、去っていった。

迎えに来てくれることを信じる心より、親がバツイチの私を認めるはずがない、このまま捨てられるに決まっている、そんな思いのほうが強かった。それでも祐を信じたかった。

だけどやはり私は捨てられた。

1か月が経っても祐からの連絡はなかった。そして私は体調の変化に気づいた。毎月来るものが来ない。そのタイミングで風邪をひいてしまった。医者に行っても結婚していない私は妊娠の可能性を言うことができない。万一にも赤ちゃんに影響の出る薬を処方されるわけにはいかない、そう思って医者にはいかずただただベッドでげほげほ咳をし、洟をかみ、寝ていると母が怒鳴りこんできた。

「医者にも行かず寝ていても風邪は治らない。私にうつしたらどうする。早く医者に行ってこい」

母の命令に初めて逆らった。いるかいないか分からない赤ちゃんを守るため、私は薬を絶対飲まないことを選択した。

数日後のお寺の大きな行事のため彼が戻ってくることを知っていた私は、ともかくそれまでになんとか風邪を治そうとした。寝ているだけでも執念で少しずつ身体は回復していった。

当日、まだ本調子ではなかったし、熱も下がってはいなかったけれど、無理をして参加した。

久しぶりに会った祐はまるで別人のように冷たかった。その態度に頭に血が上った私が、

「この水、ぶっかけてあげようか」

手にしたコップを握りしめて話しかけても彼は平然と受け流した。

「親族会議が開かれたけれど、跡継ぎ娘を嫁にもらうわけにはいかない、とさ」

予想通りの結末だ。だけどそれならなぜ連絡をくれなかったのか。あまりにも誠意のない態度に腹を立て、

「赤ちゃんができたかもしれない」ぽつりとつぶやいた。

一瞬の沈黙の後、

「もしできていたら、堕ろしてくれないか」

そう言い捨てて彼は去っていった。

数日後、私の身体から血がどんどん流れてきた。毎月のものとは全く様子の違う血。私はただ、トイレに閉じこもって止まるのを待つことしかできなかった。

食事もできず、何もする気も起らず、ただ惰性で仕事をし、友人と二人互いの好きな人から受けた仕打ちを嘆きあった。

また、親が原因。跡継ぎの言葉が私の枷になっていた。

夏に別れ、季節は秋から冬に移ろうとしていた頃電話があった。

「結婚が決まったから、一応報告しておこうと思って」

聞けば、転勤前に見合い話があり、戻って早々に見合いをしたという。晴れて結婚がまとまったから、私に報告するのが筋だと思ったそうだ。

私のことなど親に話してなんかいなかった。親族会議も嘘。結局私は親に話す価値もない人間だったのだ。もう何もかもがどうでもよくなった。電話を切って、部屋にこもり久しぶりにかみそりを取りだした。

血が流れるのをただ、じっと見つめていると、突然電話の音が家に鳴り響いた。時刻は12時をまわっていた。そんな時間に我が家に電話をかけてくる人はいなかった。母が起きるとまずい。あわてて電話に出た。会合で一度だけ会ったことのある人だった。要件も急を要するものでは全くなかった。

「こんな時間に非常識じゃないですか」

「それは分かっていたのですが、なぜか突然電話をしなければいけない気になって」

ともかく早々に電話を切って、部屋に戻ったときには死ぬ気は失せていた。傷の手当てをして、眠ることに気持ちが切り替わっていた。仏さまが止めたんだろうな、漠然とそんな風に感じた。

この後毎日をどう過ごしていたのか全く覚えていない。ただ、どうせ死ぬなら祐の家の玄関先で死んでやろう、そんな思いに取りつかれた。

12月も半ばを過ぎた頃、「こんな暮れになって旅行に行くなんて」そんな母の文句を無視して私は出掛けた。後に母は、出かけた後カラスがしきりに鳴いていたと話した。

彼の家は想像以上に不便なところにあった。電車に乗り、乗り換えて祐の家がある市のホテルに一泊した。前年、彼と一緒に来た時は車だったからこんなに時間がかかるとは思わなかった。1年前は家に帰る祐に誘われ一緒に来たものの、親に紹介されるでもなく、一人街を散策しホテルに泊まった。

時間を持て余し、電車に乗って祐の家のある駅まで行ってもみた。昨年の訪問で駅周辺があまりに辺鄙なところだと分かっていたので、今度はひとつ前の駅で降りてタクシーに乗り家の近くまで行った。わざと近所の人に道を尋ねることもした。おかげで祐が父親の名前の読み方をわざと間違えて教えていたことを知った。

休日だから家にいるだろうと思い込んでいたが、家にいたのは妹さんだけだった。全く私のことを知らされていなかった妹さんは戸惑い、帰ってほしいの一点張り。妹さんがタクシーを呼ぶと引っ込んだすきに、玄関先で私はかみそりを取りだし何度も自分の手首を切りつけた。

あわててどこかに電話する妹さんに向かってかみそりを投げつけ玄関を出た。祐の家族の車が並ぶ家の前でただ、流れる血を見つめていた。

タクシーが来て、妹さんがタクシーを帰しているのが見えた。立っているのが辛くてしゃがみこんで、流れる血を見つめ続けた。そのうちどんどん眠くなって、我慢できずに砂利に横たわった。

「起きろ！」

頬をげんこつで殴られた痛みで意識が戻った。彼の母親らしき人が私の胸倉をつかんでもう一発殴ろうとしていた。怒りの表情をあらわに、息子を守ろうとする母の姿がそこにあった。

ともかく厄介払いをしたかったのだろう。私は、ボーっとしたまま車に乗せられ病院に連れていかれた。車の中でも眠くて仕方がなかった。不安げな妹さんは運転しながらちらちら私のほうを見ていた。母親からは、「あんたのことなんか何も聞いていない。急にやってきてこんなことされたら迷惑だ」そんなことを言われ続けた。

病院に入るなり、母親は、「助けて。この子自分で手首を切った」と病院中に響き渡るような大声で言った。周りの人がちらりと私を見た気がした。

処置室で名前と連絡先を聞かれたけれど、連れてきた人に聞いてくれと繰り返した。お医者さんから祐の家族は、身元引受人になることを拒否したことを告げられ、「そんな男のために命を絶つ価値はないよ」と言われ、ようやく泣きながら姉の電話番号を告げた。

肝心の動脈は切れていなかったけれど、神経が２本と腱が１本切れていると告げられた。手術の後、腕をギプスで固定され、三角巾でつるされた時には腕の感覚がなかった。

病院を後にし、連れていかれたのは信仰するお寺の支部。管理人さんが迎えてくれて、祐の両親におばさんが加わった。みんなで私をなだめにかかった。しばらくして用事があると管理人さんが席を立った途端に空気が変わり、四面楚歌の状態になった。祐との仲を認めてもらいたい、まだ未練があったからご両親にきついことは言えなかった。

その後姉夫婦がやってきた。姉にご両親を紹介し、治療代を払ってもらったことを告げると、「お金は私たちが払った。病院からお金を持ってくるよう連絡があった」と言い放たれた。

病院で祐の父親は自分たちが治療費を払ったように私が誤解するような言い回しをしていた。この時、姉が立て替えた治療費は、家に戻ってすぐ母がいったん姉に払い、後日母が私に請求してきた。保険がきかないから全額負担で結構な金額になった。

ご両親は姉の前ではしきりに取り繕うようなことを言っていたが、挨拶もそこそこに私は姉に追い立てられるようにして車に乗せられた。義兄は黙って高速道路を走り、夜遅くに二度と帰るはずではなかった家に私は戻ってきた。

◇無気力になった私に母が投げかけた言葉

姉がどの程度母に話したのかは知らない。家に戻った私に母が投げつけた言葉は、「どこの馬の骨とも分からない男のために、私を捨てる気だったのか」

見事に傷口に塩を塗りこんでくれた。いや、傷口をナイフでぐりぐりと広げそこに塩を揉みこんでいった。

私の行動は母と姉の理解の範疇を超えていたらしい。なぜそこまで男に夢中になれるのか理解できないと口々に言われた。男には尽くさせるもので尽くすものではない。尽くす女は負担になるだけで捨てられるだけだ。馬鹿だ、と散々非難された。

自殺をするな、と主張する人は、「人は自分だけで生きているのではない。自分が死ねば周りの人が悲しむ」というようなことを言う。小学生の時に先生から、「人は死ねば最低でも七人の人が悲しむ。周りの人で悲しみそうな人の顔を思い浮かべてごらん。死ぬ気なんかなくなるよ」と聞かされたことがあった。でも私には父以外の人の姿が思い浮かばなかった。その時以上に、私の死を悲しむ人などいないと思った。生きる意味など全く見いだせなかった。じゃあどうすればいい、自分に問いかける。もう一度自分を殺すパワーはなかった。

よく、今がどん底なら後はあがるだけ、というがそれは嘘だ。絶望することは最底辺ではない。絶望してどん底に突き落とされてどんなにあがいても浮上することができないと気づいたら、人は無気力になるのだ。何かをするパワーなどすべて失い、ただ息をするだけの生き物だ。そこから立ち上がるには、長い時間か手を差し伸べてくれる人が必要なのだ。

私は何もする気にならず、怪我を理由に仕事を休み、食事もせず、ただ部屋にこもって本を読んでいた。口にするのはコーヒーと煙草だけ。

　何か食べろ、と母に言われて「じゃあサンドイッチ」と答えたら、毎日同じ具が入ったサンドイッチがテーブルに置いてあった。1日目は四分の一食べられても、2日目には二口で十分、3日目には食べる気さえ失せた。

　プリンを食べたい、と言ったら毎日同じメーカーのプリンが冷蔵庫に入っていた。

「同じものだと飽きて、ただでさえない食欲がもっとなくなると思わないの」

　思わず母にそう尋ねたら、

「あんたが欲しい、と言ったんでしょ。文句があるなら食べたいものを言え」

と叱られた。母は同じものを食べると人間は飽きる、ということが理解できない人だった。母には食への欲求というものがなく、美味しいものを食べたいとも思わない。食事に工夫をするということなど思いつくはずもなかったのだ。30を過ぎた娘の好き嫌いさえ知らない、知ろうとしない人に何を言っても無駄だった。

　2週間後仕事に復帰したときには、腕を三角巾でつり、鉛筆より重いものは持てない状態だった。片手でできる仕事などたかが知れている。

「役立たずは死んでしまえ」

　昔、私に無理矢理キスしようとして拒絶したことのある男性に罵られた。自暴自棄になっていたから、「じゃあ殺してください」と言い返した。周りの人たちは静観していただけだった。

1か月後ようやく腱がつながり三角巾が取れた。それでもできることには限りがある。パソコンを打っていても、ほんの少しでも無理をすると痛みで腕が動かなくなり、痛み止めが手放せない。ただ、身体の痛みに向き合っていれば心の痛みに向き合わなくてよかった。

祐の家族が謝りに来た。到底謝っているとは思えない態度だった。馬鹿なことをされて、いい迷惑だと祐と両親の顔に書いてあった。それでもお寺の人が間に入っていたこともあり殊勝な態度は崩さなかった。

なぜ、結婚する気もないのに期待を持たせるようなことを言ったのだとお寺の人に聞かれ、祐がぽつぽつ心境を語りだした。自分を試すようなことばかり言う私に次第に嫌気がさしてきたこと。プロポーズをしたのは、そうしないときれいに別れられないと思っていたからだと、もう私のことは好きじゃないとはっきり言われた。

たしかに私は、自分を必要としているのか試すようなことを何度も言った。寛さんに離婚したいと言いだしたのも、私のことがまだ好きか、私はまだそばにいてもいいのか試したのかもしれない。祐にも他の人と結婚しなさい、と言ったのも私と結婚したいと言わせたくて試していたのだから。

私は、相手を試して望む結果を得なければ安心できなかったのだ。いつでも自分を必要と言ってほしかった。そばにいていいと言ってもらいたかった。寛さんに見限られた後、自分には何の価値もないと思っていたから、拒絶されるのが怖くていつも受け入れられているかを確かめていないと不安で仕方がなかった。無条件に受け入れてほしかった。私を認めてほしかった。自分は他人を認めないくせに他人には私を丸ごと認めてほしいと求め、試すから、周りからみんな逃げていったのかもしれない。

祐の家族が帰った後、母は、

「向こうの家族の前では、祐さんのために見合い話を断っていたと言ったけれど、お前に見合いの話なんか一つもなかった。お前みたいに取るところのない女、見合い話なんか来るはずない。話を頼めば相手に恥をかかせる」

と私に向かって言った。私には何の価値もないのだから、母が言った言葉は当然だと受け止めた。

祐の家族はその後も何度かわびに訪れた。半年ほどが経ち、傷の回復とともに、これ以上何を言っても私の気持ちは伝わらない、会うこと自体が時間の無駄だと思えてきた。精神状態が不安定で気分のいいときは仕事に打ち込み、少しでも思い通りに行かないことがあると、ああすればよかったこうすればよかったといつまでも思い悩み、死にたい気持ちが強くなるとお寺で泣きながら祈るようになっていた。

私には生きる意味が必要だった。こんな私を必要としてくれるただ一人の人が母だった。だから、これから先の人生は母の死に水を取るためだけに生きていこうと思った。そして、母を喜ばせるために、心の平安を得るために、罪を償うために、今まで以上に熱心にお寺に通うようになった。

第4章

母を殺して私も死のうか

◇アダルトチルドレンだった

母に尽くしていく。母が喜ぶことをする。しかしそれはとても難しくなった。

母が行きたいと言った所へはどこにでも車で連れていった。運転しない母は、渋滞にはまる、道を間違える、そんなちょっとしたことでも不機嫌になった。ある時母と知り合いを乗せて運転していた際、直進すればいいところを間違えて曲がってしまい、コの字に遠回りをしてしまった。無駄なことをして、と責める母。ごめんなさいと何度も謝ったが家に帰るまで母の機嫌が直ることはなかった。

母が喜ぶと思って、温泉に連れていけば、浴場に人がいっぱいいてゆっくりできなかった。遠いし二度と行きたくないと連れていった私を責めた。

私が母の要求をなんでも聞くと分かると母の要求はどんどんエスカレートしていった。ここぞとばかりに私の生活態度に文句をつけた。生活費も月に10万では足りない、毎月私の年金も使っていると言われて15万円渡すことにした。

あれを買ったらいいかこれはどうしようか、相談事がまるで夫に尋ねる妻のようだった。娘に夫の役割を期待しないでほしかった。私は夫のように母に頼られることに疲れ始めていた。

そのうち、母の相談事は結果を私にゆだねているわけではないことに気がついた。二択ではなく一択。答えはもう母の中で決まっていて、私が決めたようにみせたかっただけだった。

何かをどうするか私に聞かれて私が答える。母の決めた答えと同じならそれまで。違えば翌日また同じことを聞いてくる。初めはそのことに気づかなかったから、前日と同じ答えをした。そうすると翌日も同じことを聞いてくる。母の望む答えを返せばもう聞いてこない。この繰り返しだった。そして何か問題が出たりすれば、あんたが決めたことだと言い放った。

あまりの辛さにお寺でポツンと、「家を出たい」とつぶやいた。

その場の責任者から、「何を言いだすんだ。親一人子一人で親の面倒をみるのは当たり前だろう。親孝行をしないでどうするのだ」と諭された。

やっぱり私にとって一番大事なことは母の面倒をみることなのだと、自分のために人生を送ることを諦めるしかなかった。

共依存の関係が表面化していたのだと思う。

子どもが定職に就かず親の金をあてに同居するいわゆるパラサイト生活というものが話題になった頃だった。そんな記事を読むたびに、子どもの金をあてにして自立を拒む親もいる。親のパラサイトも研究してほしいと思った。

母に給料の半分以上を渡し、母の要求に従い、結婚すら諦めるしかなかった人生。母と好きな人を天秤にかけ、いつも母を選んできた。普通の女性はこんな選択を迫られることはないのに、なぜ私だけいつも母を優先しなければならないのか。普通は親が子のために我慢するのに、なぜ私は親のために我慢しなければいけないのだろうと泣きながら葛藤し、それでも母を捨てることはできなかった。

いつまで寄生され続けるのか。母の死に水を取ってから改めて自分の人生を始めるつもりだったけれど、要求されるか責められるかの毎日。先が見えないだけに息が詰まった。10年後も20年後もこの部屋で変わらず過ごす自分の姿を想像し、泣くことしかできなかった。

母が生きている限り私は自由になれない。母を殺して自分も死のうかと何度も何度も考えた。自分の葬式をあげてくれる人がいないことを嘆き、母の葬式を想像して眠りにつく毎日だった。

休みの日は、少しでも余計なことを考えないようにたくさんの本を読んだ。漫画、歴史、科学もの。恋愛の要素のない小説は特にたくさん読んだ。心理学の本にも手を出した。

中島梓の『コミュニケーション不全症候群』を読んで、自分がアダルトチルドレンであることにようやく気づいた。幼少時代から私が求めていたものはただひとつ。誰かに認められたい。愛されたいとの思い。人なら必ず持っている本能だけど、生まれたことさえ否定された私にとって他の何にもかえられない思いだった。だから自分を必要と言ってくれた母のために、自分の人生を犠牲にして仕えていかなくてはいけないと思い込んでいた。自分より母の希望を優先してきた。無意識にそんな都合のいい子を長年やっていた。私は母に支配されていたのだ。そのことに気づいても私は支配される世界から逃げ出せるとは思っていなかった。それが自分の人生と受け入れていた。

偶然手に取った槇村さとるの漫画に、私と同じように好きな人とセックスできない女性が描かれていた。その子の彼氏は彼女の恐怖を受け止め、原因を幼い頃に別れた父親にあると気づき、父親と会ってくるよう彼女にアドバイスした。

父と会い話し合った彼女は彼氏と結ばれる。漫画に描かれるくらいだから、もしかしたら好きな人を受け入れられない女性は私だけじゃなくて、結構いるのかもしれない。ただ、漫画のように相手がそれを受け止めてくれるとは限らないだけ。見合いで結婚したならともかく、4年も付き合って、結婚した相手が本当に嫌なわけはないのに。どうして信じてもらえなかったのだろう。思い出すとまた、泣けてきた。

◇母に勝手に断られる無意味なお見合い

母は、祐とのことがあった後、私をあれだけ否定しておきながら、意地になったようにどこからか見合い話を持ってきた。母に言われるまま会うことは会ったが、怪我も治りきらず、家事一切がまともにできないほど手が不自由になった私には苦痛でしかなかった。

怪我が回復してきた頃から、不思議と私自身に直接見合い話を持ってくる人が現れるようになった。母に言われたことを信じていたから、「お話はありがたいですが、私なんかを紹介したら恥をかかせることになりますから」と言っていつも断っていた。見合い結婚をした知り合いは、「私は結婚するのに何人にも頭を下げて話を持ってきてもらった。頭を下げないと話なんか来ないよ」と私に言った。

「あなたは自分に自信があるから頭を下げてお願いすることができるのよ。私なんか人に縁談を頼めるような人間じゃない。頼んだ人に恥をかかせるだけだから」結婚などできないと信じていた私はそういうしかなかった。

大体、24歳の自分自身で一番きれいだと思っていた時に、夫でさえ私に魅力を感じなかったのだ。今更誰がこんな女をまともに相手をするというのか。私なんて母が言う通り何の価値もない人間なのだから。

気持ちが変化したのは、お寺で家を絶やすことは、絶家の因縁といって地獄に落ちるくらい大きな罪になると聞かされたことがきっかけだった。私の代で家を潰すことが急に現実感を帯び罪悪感を抱いた。しかし、若くもなく、一度養子に来た人を追い出してしまった家に再度入ってくれる人がいるとは思えなかった。

その思いが変化したのは、そろそろ子どもを産むタイムリミットが近づいたと気づいた頃のことだ。まるで母に夫のように頼られ、母の奴隷のように生きているのに疲れてもいた。いつまでこの生活を続けるのかと思うとただそれだけで泣けてきた。

その後もいくつか話はあった。私に聞かせず知らない間に母が断っていた話。見合いから帰ってきたら、もう母が断りの電話を入れていて、「断るつもりだったんでしょ」と言いきられた話。そう悪くない話もあった。優しそうで話も合いそうな人だった。出会った頃の寛さんに似ていた。でも市内ではなく、隣の町に住んでいた。話を進めようか迷ったが母は市内とはいえ、郊外のこの家の場所さえ気に入らないのに隣町なんか絶対に嫌だろうな、と思いながら母の意見を聞いてみると、

「隣町なんかに私は行かない。行きたければお前一人で行け」

と言われて即断った。

そんな中、寛さんに再会した。異動先に彼がいることは知っていた。課は違うけれどフロアは同じ。いつかは会うことがあるかもしれないと覚悟はしていたが、まさか4月1日就業前に会うとは予想もしていなかった。心の準備もできないまま寛さんに声をかけた。

「ご結婚されたんですってね。私はだめだったわ」そう言うのが精いっぱいだった。

何を話したか、頭が真っ白になってよくは覚えていない。ただ、昔と同じ笑顔を取り戻していたことがうれしかった。普通に話してくれることがありがたかった。幸せそうな姿がまぶしかっ

た。だけど去り際、彼は私の背中に向かって「お母さん元気?」と聞いてきた。一気に涙が溢れそうになった。

「おかげさまで元気です」

涙をこらえ、振り返って笑顔でその一言を絞り出した。

席に戻って気持ちを落ち着けると、寛さんに謝っていないと気づいた。ずっと、会うことがあったら一番に「ごめんなさい」といっぱい失礼なことを言って傷つけたことを謝りたかったのに、すっかり頭から抜け落ちていた。

その後何度も何度もこのシーンを思い出した。私は最後の言葉にどんな答えを返したかったのか。

「それは、私を傷つけるために聞いていますか。それとも私が壊れた原因にあなたは全く気づいていなかったということですか」

「あなたの奥さんだった人なら一度大病をしましたが、今は元気で相変わらず私を支配しています」

二つの答えが浮かんできた。彼は私が苦しんでいたことに全く気づいていなかったことは嫌というほど分かった。私が壊れた一番の理由は、私たちの間にいつも母がいたことだということを想像もしていなかったはずだから。だからこそ母のことを聞いてきたのだろうから。

何度もこのシーンを思い出した。そして、彼は私のことを全く尋ねてこなかったことに気づいてしまった。元気？　とも、畑違いの仕事になって大変だね、とも何も言ってこなかった。私のことなど気にもしていない、全く興味がなくなってしまっていることを実感させられた。それも当然のことだった。私は別れる前、嫌われて当然のことをしていたのだから。

4月1日に出会った後、寛さんと言葉を交わしたのは一度だけ。何を話したかは覚えていないけれど、たまたま喫煙室に二人だけだった。会話が途切れ、変な緊張感があった。その時入ってきた人もそれに気づいたようだった。

別の日に、喫煙室に私がいるのを見て先にトイレに入っていった寛さんの行動を見て、私に会いたくないのだと解釈した。だから、寛さんを困らせないよう、寛さんが喫煙室にいるときには私が行かないようにした。ときどきフロアを歩く寛さんの姿を上目づかいに見ることだけが救いだった。その後言葉を交わしたのは3月の人事異動が発表になった日。今度は彼が異動になった。喫煙室で寛さんが一人で煙草を吸っていた時、もう会えないと思ったから勇気を出して声をかけた。

「学校に戻るんですね」

「長く現場を離れていたから大変だよ」

そう言って寛さんは煙草の煙を吐き出した。

それから10年ほど経った頃、あるセレモニーで彼の姿を見つけた。思わず駆け寄って挨拶をしてしまった。寛さんの立場も考えずに。

とても迷惑そうな顔。挨拶を返してはくれなかった。完全に私を無視していた。その瞬間、彼はもう私の存在を消し去ったのだと分かった。もう二度と知り合いであることさえ人に知られてはいけないのだと悟った。

運命とは皮肉なものだ。もう二度と重なることがないと思っていたのに、その後異動した先で、彼は私の上司になっていた。といっても勤める建物さえ違うずっと上の上司。顔を合わせる可能性もないほど上の地位の人。辞令交付で寛さんを見た。20年以上経っているのに、変わらず素敵な人のままだった。せめて髪が薄くなっているとか、おなかが出ているとかしていたら少しはがっかりできたのに、失ったものの大きさを私に見せつけるようだった。

大きな事案は彼のハンコも押されて私のところに戻ってきた。生まれた時の名字でも、私の名字でもない彼の人生で三番目の名字で。

一度だけ彼のいる建物に行った時、彼がいたらどうしようとドキドキした。顔を見たいけれど顔を合わせるのが怖かった。不在と知った時は、がっかりもしたが心底ほっとした。一人建物を出た瞬間、彼が外出先から戻ってきた。誰もいない敷地内で彼に会うのが怖かったから、思わず傘で顔を隠した。どんな反応をするかと思うと怖くて姿を見せられなかった。彼は気づかなかったと思う。建物に入り、警備員さんに挨拶する声が聞こえてきた。

「ご苦労様です」

昔と変わらない口調。明るくて元気なその声に、この人が充実した人生を送っていることを確信して安堵した。傘で顔を隠し、雨の中私は惨めさでいっぱいになりながら職場に帰った。それが寛さんの声を直接聞いた最後になった。

寛さんのことを話しだすと止まらない。だけど時間を戻そう。

この後詳しく話すが、しばらくして私と母はまちなかに引っ越した。引っ越した途端に、またいくつか見合い話が舞い込んできた。その頃にはもう、子どもを産める可能性もほとんどない年齢になっていた。結婚する意味など何も見いだせない。後は自分の老後の心配をするだけの心境だった。いまさら何のために結婚しなければならないのか。それに口で何と言おうと母が私の結婚を許すはずがないと信じていた。

「私がこの家を出たら、お母さんの生活はどうなるの。養子に来てもらわないとお父さんが建てたお墓の面倒みる人がいなくなるじゃない」

母は何も言わなかった。普通の親なら言いそうなこと、「親の面倒をみることより自分の幸せを考えなさい」とか、「家は孫に継いでもらえばいい」とか。何も言わないということは、私の言葉を否定しないということ、私はそう判断した。

それでも、5歳の男の子を持ち妻と死別した人との話が舞い込んだときには、少し心が動いた。子どもを産むことはできなかったけれど、子どもを育てることができるかもしれない。相手の人には全く興味がなかったけれど、子どもがいるということだけで会ってみたいと思った。

「見合いしてもいいよ」

と、母に答えた。すると翌日また母は私に見合いをする気があるか聞いてきた。

「会ってみる」

そう母に答えた。その翌日、また母は見合いをする気があるか聞いてきた。

5日間、同じ答えを続けた。母はいつもこうだった。私に何かを聞いてくるときには、自分の中で答えが決まっていた。その答えが私から欲しいだけだった。私が決めたことにしたいだけだった。二択ではなく一択。AかBかと聞くのではなく、AかAかしかなかった。

このときもああそういうことか、とようやく気づいて、

「断って」

と答えた。あんのじょう、翌日母は見合いのことを聞いてこなかった。

その後見合い話があってもすべて断った。面倒くさくなって、母にもはっきり伝えた。

「見合いしてもしなくてもあんたが断ってしまうのなら、会うだけ時間の無駄じゃない」

母は何も言わなかった。ただ話を持ってきてくれた人には、私が結婚する意志がないように伝えたようだった。その方には私が相当ひどい娘だと思わせたみたいだった。帰ってきた母は、「せっかく話を持っていったのにってあきれていたわ。『お宅のお嬢さんは何様のつもりなのかしら

ね。もう二度と話を持っていかないわ』と言われた」と責められた。そんなことを言うということは、母が私の言ったことをそのまま伝えていないことがはっきりしていた。見合い話はそれっきりだ。心を波立たせることがなくなって、私はまた、寛さんを思い出す日々に戻った。

もしかしたら私はずっと寛さんとの結婚生活、寛さんの子どもを産むことだけを望んでいたのかもしれない。他の人との結婚生活なんて思い描けなかったから、母が一言いっただけでどの話もさっさと断ったのかもしれない。母を断る口実にしていたのかもしれない。ずっと求めていたのは寛さんだけだったのかもしれない。

だからこそ、私が手を伸ばしていることに全く気づいてくれなかった、寛さんを心の奥で責め続けていたのだ。自分のせいなのに、全部自分が招いたこと。素直になれなかった私が悪いのだ。

◇母のために家を建てさせられる

自分自身の手元にようやく10万弱の給料を手にすることができるようになった頃には、勤めて20年近くが経ち、多少は預貯金も貯まっていた。将来を考えるゆとりが出ると、母から逃げ出そう、せめて後半生くらい自分のために生きたいと思え、独り暮らしのマンションを探し始めた。今ならまだローンを組んでも定年までに借金を返せる見込みもあった。

しかしいざとなるとどこも今一つ決定打に欠けてなかなかいい物件が見つからなかった。半年経っても気に入る物件は見つからなかった。

この間に私は職場を異動した。忙しすぎて職場を出るのが早くて8時。家で食事をとれるのは週に2度か3度という状態になった。毎日食事の時間に帰ってこない私に業を煮やした母が切れ、無駄になるだけならもう食事の用意はしない。材料費は払ってやるから、自分で勝手に作れと宣言した。母と顔を合わせる時間もあまりなくなり、徐々にマンション熱も冷めていった。

そんなとき、母が家を建てたいと言いだした。

もともと母はまちなかに住むことを望んでいて、父が死んだ後すぐにも引っ越ししたい気持ちだったのを、世間体や病気などで行動に移さなかったのだろう。ある日、建築会社が物件を持ってきて、その日のうちに下見に行ったらしい。

「あんたが探している条件でいい土地が見つかった。そこに家を建てたいけれど、どう思う」

私には母の顔に土地を買うと書いてあるように見えた。確かに条件はけちのつけようもないほどいいものだった。父が建てた家を売ったお金と私が組むローン。今の家の半分もない狭い土地とはいえ、まちなかの便利のいい場所に住めるのは魅力的だった。だけど楔を打ち込まれた気がした。これで私は母からもう逃げられない。それが運命なのか。まちなかに住めるのはよかったが自分の将来をつぶされた気がした。

私たち親子を知っている人は皆、口を揃えてよかったね、と言った。何がいいのかよく分からなかった。誰も私のことなど心配してくれない。常識で考えて、独身女性が自分の老後のためにマンションを買うならいざ知らず、借金を背負わされて親と同居する家を建てさせられることの、どこがめでたいというのか。

だけど周りの人が声をかけてくるたび、「おかげさまで」「ありがとうございます」と自分も喜んでいるふりをした。涙を隠して親を安心させるよい子の仮面をかぶった。

たった一人、母を知らない人だけが家を建てたことを話した時、「そんなことをしたらなおさら結婚できなくなるじゃないか。なんで家なんか建てたの」と怒ってくれた。だけど、親に無理やり建てさせられた、とは言えなかった。

家という楔を打ち込まれ、鎖でがんじがらめに絡み取られた気がしていた。母といると息がつまる。でもいい子を演じていなければならない。母への不満など口に出すのは罪だとずっと思っていたし、周りの人は皆、「お母さん一人なんだから大切にしないと」「家を建てるなんて親孝行な娘を持って、お母さん幸せね」と口々に言ってきた。誰一人として私のことを考えてくれる人はいなかった。

「周りに人がいないのは自分が悪い」自分自身に呪文のように言い聞かせて笑顔で人に応える。家でも外でも仮面をつけて、本当の自分がどんな人間なのかどんどん分からなくなった。自分で判断することができない。自分に自信が持てない。自分の価値基準が分からなかった。

幼い頃から家族の顔色をうかがって、ほんの少しの言動から相手の気持ちを忖度して受け答えし、相手の望む行動をとる習性が身についていた。自分がどうしたいかなど考えたことがなかった。今の私の判断基準はすべて母がどう思うか、だった。

間取りも壁紙もどうでもよかった。建築屋さんが驚くほど、さっさと見本から適当に選んでいった。希望したのは、本棚とウォークインクローゼットだけ。後は母の希望の床暖房（引っ越しした年、二、三度使ったきり温まるのに時間がかかると使用しなかった）とリビングの収納棚（引っ越ししてすぐ母はカートをその前に置いて棚の半分を開けられなくした。ただでさえ狭い部屋をもっと狭くしただけだった）。そのほかはほとんど建築屋さんの提案通りにした。

不動産屋さんは契約の際、土地、家の登記をすべて私名義に作ってきた。それを見た母が前の家を売ったお金が資金の3分の2をしめていること、周りから自分名義にしておくようアドバイスを受けたことを理由に、名義を半々にすることを主張して登記簿を書き換えさせた。私にはどうでもいいことだったから、すべて母の言うとおりにした。私にとってその家は居心地のいい監獄。私が母から逃げられないようにするための楔にしか思えなかったから。

家を建てることが決まった後、母から姉がずいぶん怒っていると聞かされた。父が死んだ時、土地家屋を含みすべてを母が相続し、結婚が決まっていた姉は私同様、財産放棄をした。結婚するときにも、母から一銭も貰っていないことを根に持ち、家を売ったお金なら自分にも貰う権利があると主張しているとのことだった。だから引っ越しの手伝いにも来ない。新しい家にも一歩たりとも入る気はないと言っていると聞かされた。

手伝う人もなく、母と二人ようやく引越作業が終わった後、母は私に言った。

「さあ、これでもうどこへ行ってもいいわよ。結婚したかったらすればいいわ」

「家のローンはどうするの」

「それはあんたが払うのよ」

当然のことを何でわざわざ聞くの、と言うように母は言い放った。

そうして、私は母とともに新しい家で生活を始めた。

◇「私のお金、返してよ」

ローンを払うために母へ生活費を渡すのをやめることにした。これまでのように月15万円も母に渡すことは到底できなかった。母に預けていた口座への振込額を減らし、ローンに充てるしかなかった。しかし、口座にお金が入っていないことを知った母に、ものすごい勢いで怒鳴られた。

「お金が入っていない。郵便局で何度も調べてもらって恥をかいた。何でそんなことをする」

家を建てたローンを返さなくてはならなかったのだから、今までのようにお金を渡せないのは当然のことなのに、母にはそれが理解できなかったようだった。母の怒りはお金が入っていなかったこともあるが、それよりも恥をかかされたことのほうに向いていたのだから、どれだけ言っても無駄だった。その後、光熱費や水道代等口座引き落としのものは自分で管理することにした。

通帳を母から受け取り、光熱費等の引き落とし額を見て愕然とした。全部を合わせても、月に3万も引き落とされていなかったのだ。大人二人の食費が一体いくらになるというのだろう。1回スーパーに行っても支払額はせいぜい2000円、米10キロを買ったところで、5000円でおつりがくるはずだった。どう考えても月の生活費が10万円を超えたはずはなかった。

思い出してみると、母が入院していた頃給料の全額を私は自由に使っていたが3か月生活をすれば1か月分の給料がまるまる残っていた。母が退院して当たり前のように元の生活に戻ったが、そのとき気づかなかった自分が情けなかった。


一体生活費として渡していたお金はどこに行ってしまったのか。その事を問いただすと、

「家の修理や何かで緊急にお金が必要になった時のために貯金していた。私もずっとそうして親に給料を渡していた。返せばいいんだろう」

生活費として渡していたお金の半分以上は母の口座に入っていたのだった。単純計算で月10万

渡していた時は5万、年60万を10年。15万の時で年120万。ざっくり計算しても2000万円近くの金額が母の口座に入っていたことになる。仕事もせず収入がなく私の扶養家族になっている母のもとに、毎月のように銀行の人がやってきた理由がようやく分かった。なんて馬鹿だったんだろう。そんなことにも気づかず、お金をためて母に渡せば、この家を出ていくことができるかもしれないと夢想していたなんて。母にはお金がないから、私は家を出ていくことができないと諦めていたなんて。

「家を修理するときに私にお金を出せと言えば済むことじゃない。私のお金、返してよ」

初めて、母に対し自分の主張をぶつけた。大声で文句を言うことができた。

「満期になったら返すわ」

そう言い捨てて部屋にこもった母は、その後1か月私と口を利かなかった。

何度か請求してもそのたびに、「満期になったら」を繰り返した。いい投資先があるから100万でいいから今返して。そう頼んでもだめ。そしてようやくお金の一部を返してくれたのは3年後のことだった。ローンの金利が上がる前に少しでも返済したいと切り出すと、しぶしぶといった感じで返してくれた。

「もういらないのかと思っていた」それが母の言い分だった。

残りのお金を返してくれたのは、その後ずいぶん経ってからのことだった。

病気になり気弱になった時、母は急に遺言書を作ると言いだした。入院する日には、仏壇に向かい、「この家も見納めかもしれない」と言い残した。しかし、2週間後には元気に退院していた。その後、知り合いの司法書士さんに家へ来てもらった。初めは私も同席していた。司法書士さんが遺言の意向を確認すると、母は土地家屋を私に、まだ私に返す分も含めた預貯金は全額姉に渡すと話した。私の不満が顔に表れたのだと思う。司法書士さんに退席を促され、その後二人がどんな話をしたのかは知らされなかった。

私が本気で母に怒りをぶつけたのはこれが最初だった。それまでは母に不満があってもすべて飲み込んで我慢していた。何もかも諦めていた。母にお金がないと信じこまされていたから、母に給料の大半を渡してきたのだ。貯金を1000万くらい貯めて、母に渡せば家から出られるかもしれないと夢想したこともあった。母の面倒をみなければいけないと思い込んでいたのだって、母一人では金銭的にも自立できないと信じていたから自分の人生を犠牲にしてきた。

「遺言書に私のお金を自分のものとして記載しないでください。まず私に返すものを返してください。残りのお金はびた一文いりません」

怒りを込めた手紙を書いて母が気づくところに置いて出勤した。その晩、家に帰ると母の怒りは相当のものだった。

「私だって親に給料を渡していた。子どもが親を養うのは当然のことだ。司法書士さんの前で恥をかいた」

言いたいことを怒鳴りちらすと私が口を利く前に部屋にこもってしまった。

司法書士さんにどのような話をしたのかは分からない。しかし、初めに姉に渡す額として申告した貯蓄額と実際に遺言書に書く際の金額がずいぶん変わったことは確かだ。

その後、司法書士さんに偶然出会うことがあったが態度が一変していた。その人は私の知り合いのご主人だったので、それまでにも何度か顔を合わせていたが非常に愛想のいい人だった。それが、挨拶もしてくれず軽蔑しきった目で私を見たように感じた。きっと母が、とんでもなく私を悪者にして話を作ったのだろうなと思った。

その後しばらくして給料の話を蒸し返してみた。私には、祖父が母から給料をすべて取り上げるような人には思えなかったし、母は独身時代休みの日には、家のことを早朝から片付け、遊びに出掛けていたとよく話していたことを思い出したのだ。

「私の給料、ほとんど生活費として渡していたことをおかしいって言った時に、お母さんは自分もそうされたって言っていたけれど、おじいちゃんが給料を全部取り上げたとは思えない。結婚後おばあちゃんに全額渡していたというのならまだ理解できるけれど。でも結婚して姑に給料渡すのと、結婚前の娘から給料取り上げるのとは話が全然違うと思う。私と寛さんの給料だって、全額お母さんに渡していたけれどどう考えてもおかしい。あんなに必要だったはずない。お父さんは生活費しか渡していなかったから死ぬまで給料の額知らなかったんでしょ」

母は、何も言わず部屋に入っていった。

その態度で、自分を正当化するためにうそをついていたのだと私は思った。きっと結婚後パートで稼いだお金を祖母に渡していただけなのだ。第一、母は父が死ぬまで父の給料がいくらだったかを知らなかった。父は毎月生活費として一定の金額を母に渡していただけで、残りは自分で管理していたらしい。だったら私も結婚した時、二人の給料をすべて渡す必要などなかったのだ。すぐに破たんしてしまったから気づかなかったけれど、子どもができていたらおしめやミルクすら買うゆとりのない生活をしなければいけなかった。生活必需品を買う時でさえ、毎回母に買ってもらう生活なんて、明らかにおかしい。そんなことにすら気づかないほど私は無知で愚かだった。

家を建てさせられてから、通勤時間が短くなり、加えて残業のない部署に異動したこともあり母と接する時間が長くなった。

母は自分では気がつかないけれど、自分の生活のために周りの人に犠牲を強いていた。母にとって利用できる人、都合のいい人がよい人。利用価値のない人はさっさと切り捨てていた。それでも不思議と母の周りには人が集まっていた。

私に対し、母の口から出るのは、要求と非難、そして他人の噂話。あれをしたい、これをしろ。私が見たことも聞いたこともない人の話を突然○○さんが、と始めた。それ誰、と聞く気もないが、まるで私も知っていて当然と思っているように話し始めた。

食事を作っていようが、本を読んでいようが私の都合はお構いなしだった。ひどい時には歯を磨いていて返事ができない状態の私が返事をしないと怒った。バスに乗り遅れる、という時間でも言いたいことがあったら私を引き止めて話を始めた。たまりかねて、「せめて、状況を見て話しかけてほしい。話しかけていいかくらい聞いてほしい」と言ってもどこ吹く風。

新しい家では、洗濯物を干す場所も狭いから、母が私の洗濯物を勝手にどかして、自分の洗濯物を干していた時もずっと我慢していた。何年も我慢して、ようやく「なぜ先に干している私の洗濯物をどかすの」と聞いてみた。

「私の洗濯物がよく乾くように」それのどこが悪いの、と言外に聞かれた気がした。母の行動に文句など言えなかった私は、できるだけ母と洗濯の日をずらすようにした。

休みに家にいることが増え、自分で料理をすることが増えると、台所の汚さ、使い勝手の悪さが目についた。私が少しでも掃除をすると、やり方が気に入らないのか母は、私の掃除した所を再度掃除していた。風呂場もあまりの汚さに母のいない間に掃除をすると必ず、「今日風呂を洗う日でしょ」と確認してきた。自分が掃除するから手を出すな、と主張しているように聞こえた。

家を建てさせられたこと自体が私を縛るための楔、逃げることを阻止されたと感じていたから、家の間取りやメンテなどどうでもよかった。家がどんな状態になっていようと私の眼には映っていなかった。だからするなと言外に言われれば、手を出す気はなかった。

しかし、異動した職場がどうやら私のアレルギー物質満載だったようで、1か月も経たないうちにアトピーがとんでもないほど悪化した。身体全体が痒く無意識に身体をかき、血が出てもかきつづけ皮膚はボロボロになった。2か月後医者による強制入院。検査の結果、ほこりアレルギーの数値が数字が出ないほど異常に高かった。退院しても全身にボディークリームを塗るようにステロイドを塗り、それでも痒く肌がふけのようにぼろぼろ剥がれていった。

当然、家でもほこりが気になりだした。改めてリビングを見渡すとそこら中がほこりだらけだった。エアコンのフィルターはおそらく買ってから一度も掃除したことがないほどほこりがたまり、網目が見えないほどだった。家具や電気製品の後ろ、窓などいつから掃除をしていないのかとびっくりするほどの綿ぼこりだった。茶の間にいると痒みがひどくなるのは当然のことだったのだ。

母のいない時を狙って、フィルターのほこりを掃除機で吸い取り、水洗い。高いところはモップで拭き、家具をどかして掃除機をかけた。身体が痒くて仕方がない。どれだけのほこりが舞っているかと思うとぞっとした。掃除が一段落ついたところでちょうど帰ってきた母に思わず、

「一体ここはいつから掃除していないの。掃除はものをどかしてするものでしょ」

と言ってしまった。

「そんなところ掃除したことはない。したければお前がすればいい」

母に、逆に怒鳴りつけられてしまった。

それからは母がいないときを狙って、こまめに掃除をすることにした。私が繰り返し掃除をするうちに風呂掃除もいつしか母は手を出さなくなった。トイレだけはあまりの汚さに手を出せないでいた。もう何年も前から座ると湿疹ができるようになっていた。母が死んだらリフォームしよう。それまでの我慢と思って耐えるしかなかった。

◇自由奔放な姉との関係

生活費のことを知り、お金を搾取されていたことを知ってから少しずつ母の本当の姿が見えてきた。それまではただひたすら、母に認めてもらいたい、母に愛されたいと望み、母が望むことはできるだけ叶えてあげてきたつもりだ。だけど母にとって必要なのは自分に都合のいい相手だった。

私が母にとって都合のいい子をやめた途端、母は姉との距離を縮めていった。私が知らない間に母は姉の家を訪れ、頼りにするようになっていたようだ。

父が死んだ後結婚するまでの1年半、姉は給料を全額生活費として母に渡し、副業として化粧品を販売したお金を自分の小遣いに充てていた。

結婚してからは、母との関係も良好に見えた。新婚時代には料理の仕方を母に電話で尋ねたり二人で家に遊びに来たりしていた。私が離婚し、姉夫婦の足が少し遠のいた。母が入院した後、姉は家に来なくなった。母が退院し少し元気になった後、子どもたちの面倒を頼みにまた我が家を訪れるようになった。姪たちが小学校に上がる頃には、子どもは来ても姉が家に入ることはなくなっていた。

姉の様子は母から聞かされるだけになっていた。そしてそこには必ず母の姉に対する不満や批判が入っていた。

姉は、結婚してから雛人形一つ送ってこない母に不満を抱いていたらしかった。母から何もしてもらえないと事あるごとに言っている、と母が漏らしていた。

母は母で化粧品販売を手掛けている姉から商品を買ってやったりしても小遣い銭すらくれないとこぼしていた。それを繰り返し聞かされることで、私は母に一銭も渡さない姉がひどい人間に思えてきた。

30代も後半になろうとしている頃、姉と久しぶりに顔を合わせた。

「あんた、職場とかお寺とか周りにずいぶん男がいるのに、一人も捕まえられないの」

「女は子どもを産んで一人前よ」

返す言葉がなかった。

私は、母が生きている限り結婚できないとずっと信じていた。母がいて、結婚などできるはずがないことはこれまでに嫌というほど思い知らされた。姉は一度として母の面倒をみるとは言わなかった。寛さんのことも祐とのことも知っている姉が、どうして妹にこれだけのことが言えるのか私には分からなかった。だから、涙をぐっとこらえるしかなかった。

母から姉が私が建てた家の権利を主張していると聞かされた後、周りの人の勧めに従って姉に相続放棄の手続きをしてもらえないか頼んでみる気になった。何年ぶりかで姉に電話をし、食事を共にすることにした。食事を終え姉に向かい、

「今後のために相続の放棄をしてほしい」

私がそう切り出すと、姉は火がついたように怒りだした。

「人を突然呼び出して、何を言うかと思えば相続放棄の話、私にだってお父さんの財産を貰う権利はある。貰うものは貰う」

姉は、自分勝手な私の言い草に心底腹を立てていた。

怒ったまま、伝票を持って席を立った。呼び出した私が払うと言ったが、

「妹におごってもらう気はない」

と言い放ちさっさと帰っていった。

この後も1年に数回、姉が家に電話してくることがあった。私が出てもいつも一言、「お母さん

は」と言うだけ。私に話しかけることはなかった。私もすぐ母に代わるのだからお互いさまだった。そのうち、姉から電話がかかってくることは全くなくなった。

あまりに長いこと姉の声を聞いていなかったので、ある時電話を取って、「お母さんは」と言われたとき、反射的に、「どちら様ですか」と言ってしまった。言った後で気づき、しまったと思ったけれど後の祭り。憤慨した声で、姉は苗字を名乗った。弁解もできずすぐに母に代わった。

電話を切った母に、

「すごく怒っていたでしょ」

と言うと、少し前に私も同じことをして、姉に怒られたと母は言った。偶然、病院の待合室で母は姉の隣に座ったらしい。気づいた姉から話しかけられた母は、「どちらさんですか」と聞いたと言う。

「自分の娘も分からないのか」と姉に怒鳴りつけられたと話してくれた。

姉にしてみれば、なんとも不義理な親と妹。見限られても文句は言えないことを私たちは姉に対してしてきた。

その後も姉とは、何年もまともに口を利いていなかった。顔を合わせるのは法事のときだけで、その場でも姉とは特に言葉を交わすことはなかった。姉は自分の娘たちとずっと話をしていた。要件があれば母に声をかけた。私の存在は姉の家族には見えていないように感じていた。

だけど姪たちはかわいい。下の子は小さいときから甘え上手で誰からもかわいがられていた。就職してすぐ、友人と部屋を借り面白おかしく人生を謳歌して自分のやりたいことをやっているように聞いていた。しかし、上の子は小さい頃から私に似たところがあった。小学生の時に、下の子がピアノを欲しいと言うと、「うちにはお金がないのだからそんな贅沢を言ってはダメ」と上の子が諭したと聞いた。修学旅行に行ったときは余った小遣いを姉に返したというし、何か欲しいものはないかと聞いても「別にない」と答えるような子だ。

先日も浴衣を買ってやろうとしたら試着はしても、母親に聞かないと決められないと答えた。何度聞いても、欲しいかどうか自分の意思を決して口にしなかった。たぶん自分の意思を口に出す気がないのだ。もしかしたら、姉の、彼女にとって母親の意思が自分の意思と信じているのかもしれない。その様子を見て、私のようにならないか心配になった。

姉の自由奔放な生き方を羨んだことはないが、早々に母に見切りをつけ距離を置いて接している姿は羨ましかった。自分もそうできたらどんなに楽だろうと思う反面、三男と結婚したくせに、母を少しも援助せず結婚に失敗した私にすべての負担を押し付ける姉を、私は心の中で非難していた。

「あの女は私を捨てた女だ。もう娘でも何でもない」

あるとき、姉を評して出た母の言葉。自分は母にそんな風に言われたくない、その一心で母に仕えてきた。だけど好き勝手に生きて、10代で母を見切り適当な距離を置いて母と接してきた姉が正しかったのかもしれない。自分の思うままに生きることを選択した姉の人生に後悔はないだろう。母のために人生を犠牲にして何もかも諦めてきた私とは大違いだった。

人生って「自分は悪くない」と思える人のほうが幸せになれるのかもしれない。そのほうが絶対楽に生きていける。周りの人が困ったり苦しんだり悲しんだりしていることに気づかず、自分は正しいと信じて生きるほうがきっと楽に人生を歩めるのだろう。

嫌なことを嫌と言えなかったのは、自分に自信がないから。小さな頃から失敗することと叱られることを恐れていた。ずっと認めてもらいたい一心でいい子を演じてきた。そんな私が馬鹿だったのだ。

◇母の葬儀を夢みる

母の葬式を終わらせれば自由になれると、それだけを支えにしていたけれど、まちなかに暮らし始めた母は病弱だったのがうそのように日ごと元気になり、毎日どこかに出かけ充実した日々を過ごしていた。

遺言書に書かれた母の思いを知ってから、母に愛される、認められるために母の要求を聞き、喜ばせるために行動することはやめた。何をしても無駄であることが分かってしまったから。

なるべく同じ時間を共有しないようにした。それまではお寺に出かけた時、母を家に送った後もう一度車を出して、来た道を戻って買い物に出かけていたが、直接買い物に行くことにして帰りは別行動を取った。母は相当不満なようだったが直接私には何も言わなかった。

母の葬式のシーンも何度も何度も想像した。親族席に座るのは私一人。姉には、留守番電話に葬儀の案内を入れるだけ。通夜に姉は間に合わず、後で私が責められるシーン。繰り返し繰り返し想像して、葬式のイメージを膨らませた。だけど想像すればするほど、実現しない夢であることも分かっていた。

自分の葬式も想像した。誰も参列しない式。喪主もいない。私は何のために生まれてきたのかな。人が本当の意味で死ぬのは、周りの人の記憶から消え去った時と言われるけれど、私は死んだ瞬間誰の記憶にも残らないだろう。それってすごく悲しいことなのかな。死んだ後のことだからどうでもいいことなのかな。

「私は家族の犠牲になった」と伯母が生前よく言っていたと、母はいつも批判していたけれど、伯母の気持ちがようやく分かるようになってきた。

伯母ががんで入院し私が見舞いに行った時に、

「順子、あんたのお母さんには気をつけなさい。あんたのお母さんは本当に自分のことしか考えない人だ。昔、私が大病をして死ぬかもしれないと言われた時、あんたのお母さんに万一のときは息子を頼むと言った。普通ならその気がなくても、分かったと返事をするところだけどあんたのお母さんは最後まで息子の面倒をみるとは言わなかった。だからこんなところで死ぬわけにはいかないと頑張って持ちこたえたけれど、私は最後まであんたのお母さんを許せない」

死ぬのを覚悟していたのだろうか、これが伯母と交わした最後の会話になった。

小学生の頃、いとこの家に行くのが好きだった。伯母といとこは友達同士のように何でも気軽に話していて優しい空気に包まれていた。

伯母は定職に就かず、いつも母にお金を無心していたらしい。財布の中身がなくなったからお金を持ってきてほしいと電話してくることもあったとか、お金がないのに高い洋服を買って無駄遣いをするからお金がなくなるんだとか、折に触れ母は伯母の経済観念のなさを批判していた。

それが伯母の口を通すと、「ここでかき氷食べると帰りの電車代無くなるけれどどうする、と言いながらいとこと二人でかき氷を食べて1時間かけて歩いて家に帰った」と笑い話になった。祖父と三人、決して楽な暮らしをしていたはずはないけれど、子どもの私にはいとこのほうが精神的にも物質的にも恵まれた生活をしているように見えた。

母は自由に暮らす伯母に嫉妬していたのだろうか。それとも妹からお金を借りる伯母を見下していたのだろうか。伯母が死んだ後、母の口から伯母の話が出たことはなかった。

なんで私だけ自分の人生を母のために犠牲にしなければいけないんだろう。いつも母の願いを忖度して、自分の心を殺してきた。息が詰まれば旅行に出かけた。ほんのつかの間でも、母から逃げ出したかった。一人だけの時間が必要だった。それでも3泊が限度。前に4日出張で家を空けた時、母は寝込んでいた。1週間の研修の際には、「娘が研修で大変な思いをしているのにぜいたくはできない」とまともな食事もとっていなかった。長く家を空けることはできない、4日以上家を空ければ母の具合が悪くなるから旅行は3日以内と決めていた。

一事が万事この調子で、私は自分の行動を、母を基準に決めていた。母の望まないことはしない。母に文句は言わない。ずっと母にとっての「都合のいい子」だった。

何で私だけ、こんな我慢をしなくてはいけないのか。いつも母と何かを天秤にかけて、毎回母を取るしかなかった。私には選択肢がないと思い込んでいた。辛くて耐えきれなくなると仏壇に手を合わせた。

「お父さん、お父さんは最高の人だったけれどたった一つだけ失敗したね。母と結婚したのは最大の間違いだったね」

「おばあちゃん、おばあちゃんから聞かされた母の悪口の意味が最近ようやく分かるようになってきたよ。もしも私をあわれと思うなら、お願いだからお母さんを早く連れに来て」

何度祈っても誰も応えてはくれない。

絶対に母や姉を父が建てた墓に入れてやるものか。せめてそれくらいしなければ、二人に私がどれだけ苦しんだかを気づかすことはできないと思い始めていた。

何度も母を包丁で刺す姿を想像するようになっていた。長年支配されていたこと、騙されていたことの怒りと恨みを込めて何度も何度も母の身体に包丁を突き刺してやりたかった。だけど母のために刑務所に入るのは馬鹿ばかしい。私の人生を今以上に母のために犠牲にしたくはなかったから。苦しくなると押し入れの布団を何度も何度も包丁で切りつける自分を想像した。

幸せはいつか取り上げられる、といつの頃からか思い込んでいた。私には幸せになる権利がない、幸せになる資格もない、寛さんと別れた後、私はそう信じていた。私の望みは叶わない、望むことをやめた時に実現することはあると経験から学んだ。

だから、私が母の死を望む限り母は死なない。私が母から解放されることを望む限り解放されることはない、と心のどこかで諦めていた。

まるで奴隷のように母の都合に振り回され、人生を諦めさせられてきたと思っていた。自分でそんな人生を選択したのだ。AかAかとしか聞かない母を前に、別の選択肢を考える余地はないと思い込んでいたのだ。思い込まされていたと言ったほうがより正確かもしれない。

◇私は母の奴隷だった

耐えることに疲れた頃、友人と互いの母について話す機会があった。ポツリポツリと母に抑圧され、人生を母のために諦めてきたことを話した。それまでにも、「順子さんとお母さんの関係ってまるで夫婦みたいね。順子さんがお母さんの旦那さんみたい」と的確な指摘をしてくれる友人だった。

彼女は、

「順子さんって、バツイチになって自由を謳歌し、バリバリのキャリアウーマンとして生きているんだと思っていた。高校時代から人は人、自分は自分って感じで、はっきりしていたでしょ。他人の目なんか気にしていなかったし、我が道を行くって感じで。信じられない」と驚いていた。

離婚してからの私はずっと虚勢を張って生きてきた。ほしいものは自分の力で手に入れる、男なんて必要ないとことさら強調し、厚さ1メートルのコンクリート製の壁を自分の周りに作り、これ以上傷つかないようその中に閉じこもって、その実いつか誰かがその壁を壊してくれるのを待っていた。

「なんでそこまで親のために人生諦める必要があるの。親は先に死ぬのよ。あなた、馬鹿?」

その一言が私の目を開いてくれた。

彼女の一言が私の中でどんどん大きくなっていった。ここまで親に尽くさなくてもよかったのかな。親のために人生を諦めた私は本当に大馬鹿ものだったのかな。長い隷属の時間。もしかしたら別の選択肢があったのかもしれないと初めて考えた。だけどいまさら時間を戻せるはずもなく、人生をやり直すには遅すぎた。このまま時が止まるのを待つしかないと思っていた。

我が家の状態が他人にどう映るのか知りたくなって、友人や職場で、「長年母に生活費を渡していたら、半分以上自分の通帳にお金を入れられていた」と冗談めかして言ってみた。聞いた相手は、母が私の通帳にお金をためているのだと解釈したみたいで、何度か、「母が自分の通帳によ。そのお金を姉に遺言で渡すことにしてあるらしいわ」と言い直した。そうするとみんな黙ってしまった。一人だけこんなコメントを返してきた。

「搾取する子と与える子ですね」

本当に言いえて妙だった。ずっと私は母にとって搾取するだけの子どもだったのかもしれない。

職場の子が風邪をひいたときに母親が看病してくれた、というようなことを聞いて不思議に思った。風邪をひいても腰を痛めて身動きが取れなくなっても、私は自分の食事は自分で用意していた。あまりに具合が悪くて起き上がれない時でも、母からは大人になったら病気になっても頼まれないことをする必要はない、と言われ続けていたからそんなものだと思っていた。母は私が病気になると不摂生をしているからだと、必ず批判した。だから調子が悪くても母に気づかれないようにしていた。

姉が入院した時も母は連絡をしないと姉を批判していた。母には何も言わなかったけれど、私は心の中で、入院して弱っている時に非難されたいはずはないから、姉が連絡をしないのは当然だと思っていた。もしかしたら、我が家のほうがおかしかったのかな。

後悔がどんどん膨らんできた私の目を完全に覚ましてくれたのは母の一言だった。

ある日、私が仕事に行くため急ぎ食事を用意していたとき、私にかまわず食事の支度をおもむろに始めた母に私は切れた。

「何でそんなに自分のことしか考えないの。私は時間が限られているのよ」

いつも母は私が台所を使っていようがお構いなしに自分がしたいことをする。私は母が台所に立っているときは、どんなに空腹でも母が使い終わるまで我慢をしていた。それだけに少しは私の都合を考えてほしいといつも心の中で非難していた。

「自分勝手なのはお互い様だ」そう言い捨てて母は部屋に戻っていった。

母の生活のためにこれだけ自分の人生を犠牲にし、さまざまなことを諦めてきた娘への評価が「自分勝手」。

長年、母に認められ愛されることを願ってきた。母を第一に考えてきたことの一切が母には全く伝わっていなかったということがよく分かった。人生のすべてを否定された気がした。こんな人のために、なにもかも諦めてきたのかと思うと自分が情けなくて仕方がなかった。母は自分のことしか考えていない人だということがようやくおぼろげながら分かってきた。

こんな人のために人生を台無しにしたのか。幸せをどぶに捨ててしまったのかと自分自身が情けなくて仕方がなかった。自分の人生を生きる。そんな当たり前のことが分からなかった。自分には許されないことだと思い込んでいた。自分よりも親の望みを叶えることが大事だと思い込んでいた。

仏さまには、「人生に無駄はない。いろいろなことを経験させられる」と教えられてきたけれど、私はなにも経験してこなかった。出産も子育ても何もしていなかった。どの職場に行っても疎外感を抱き、気がつくといつも孤独だった。仕事を教えた後輩にいつの間にか見下され、周りに誰もいない、その繰り返し。周りに人がいないのは自分が悪いからと自分に言い聞かせてきた。

自己憐憫が止まらなくなった。

これまでの人生を思い出して、一番後悔しているのは寛さんと別れたこと。大好きな人の幸せのために自分の思いを押し殺した。寛さんに言いたくても言えなかったことがたくさんあった。母の目を恐れ、自分自身を失っていた。そんな自分があまりにも愚かだったとようやく気づいた。なんて私は馬鹿だったのだろう。自分の馬鹿さ加減に気づくと涙が止まらなかった。人生を振り返って泣き、寛さんを思い出して泣き、自分の愚かさを呪って泣いた。時間を戻せるのなら新婚旅行から人生をやり直したい、切実にそう思った。

彼が覗かせる表情と母から聞いた言葉から彼の気持ちを忖度して、勝手に思い込み苦しんだだけだったのかもしれない。一度として彼に直接気持ちを聞くことができなかった。もしもきちんと互いに向き合うことができていたなら、勇気を出して、二人で暮らすことができていたら、と繰り返し考えずにはいられなかった。

あの頃は理由もわからずただ怖かった。トラウマのせいだけでなく寛さんの行動をレイプと感じていたのだ。愛されたいのに愛してくれない。そばに寛さんの姿があっても手を伸ばして届く距離には決して近寄ってこない。声が聞こえても私と話をしてくれることはない。その目は私を見ることがない。そんな状態が辛すぎて、姿を見ることも声を聞くことも苦痛になっていたのだ。

たくさんの不満と罪悪感に押しつぶされて、自分が壊れていったことに全く気づかなかった。寛さんを信じることができず自分で自分を追い詰めていった。結婚して1か月かそこらで夫に話しかけるのに、勇気をかき集めなくてはいけないなんてまともではないということにすら気づかないほど私は自分を追い詰めていた。

何でももっと寛さんを信じられなかったのかな、と考えた。でもそのたびに答えは同じ。必死に助けを求めた時「お母さんは」って聞かれたから。二人きりになるよりもお母さんを優先されてしまったから。

第5章

逃げ出したい気持ちと母を見捨てる罪悪感

◇私の建てた家の名義がほぼ母になっていた

これまで私は母に支配されていたのだ。自分の思いを口にしてはいけないと信じ込んで、母の思い通りにするしかないと思い込んでいた。母と好きな人を天秤にかけ、いつも母を取るしかないと諦めていた。自分の考えを主張しようとせず、いつも母の望む人間になろうとしていた。それで人生を棒に振った。

それに気づき困惑した態度をとるようになった私に対して、

「言いたいことがあるなら言えばいい」

母はそう言って責めた。

「お母さんや姉貴は自分の思った通り行動して言いたいことを言うけれど、言いたいことがあっても言えない人間もいることを分かってほしい」何度そう答えても、母には理解してもらえなかった。どう説明しても無駄で、一度として何を言えずにいるのかを聞かれたことはなかった。

私は何も残せないまま死んでいく。誰にも必要とされず、死んだ瞬間忘れ去られる。それでいいのか。母には私の気持ちをくみ取る気がないという現実を受け入れてはじめて、ようやく自分でものが考えられるようになった。

「私は何をしたいんだ」

自分に問いかけてみた。初めは何も浮かばなかった。答えを何度も考えた。

「私は死んだ後、私のお金を母や姉に渡したくない。母の支配から逃げ出したい」

それが私の望みなら叶わないかもしれないけれど、できることから始めてみようと決心した。

手始めに生命保険を見直して、母が受け取るはずの死亡保険金を最低限に変更した。次に私が死んだときの相続について調べてみた。子どものいない私の相続人は当然のことだが母、母が死んだのちなら姉のもとに全額がいく。遺言書を作成し、確実に執行できるようにすれば、母には遺留分があるけれど姉にその権利はない。となれば、私のやることとは決まった。母の遺留分以外は一銭残らず団体に寄付するように遺言書を作成すること。姉には一銭も渡したくなかった。


そうして少しずつ、心を強く持ち母と距離を置くことで、ようやくではあるけれど自分の意見を母に言うことができるようになった。

引っ越ししてきた時からずっと、ものが溢れる台所を片付けたくて仕方がなかったが、台所は母のテリトリーだったから何もできなかった。

もう我慢するのはやめよう。手始めに割り箸や明らかに不要と思うものは勝手に捨てて、必要なものを残して処分してほしいとメモを書いてテーブルに置いた。引き出しがきれいになったから処分してくれたのかと思えば、置き場所を変えただけだった。それでもこんなささいなことを要求できるようになるまでに何十年もかかったのだ。

ずっと、生まれてくることを誰にも祝福されなかった子どもという呪縛に縛られていた。生まれてきたことに罪悪感を覚え、親の面倒をみる責任があると思い込んでいた。だけど姉も離婚し今は姪と自由気ままな二人暮らし。

私は？

このまま100歳までも生きそうな母の面倒をみて、一生を終えなくてはいけないとしたら、あまりにも不公平ではないだろうか。せめて母に介護が必要になってからでも姉にも負担を背負ってもらいたいと思うのは、当然のことではないかと思うようになっていた。

「万一介護が必要になっても子どもを育てたことのない私に介護は無理」母に宣言した。

「あんたの世話になるつもりはない」

そう言いながらも母は老人ホームに入る気もなく、死ぬまでこの家にいるつもりのようだった。

この家で母が寝たきりにでもなって、私が世話をしなければ、介護放棄とか老人虐待とかで、私が逮捕される可能性があるのではないだろうか。この人は娘にどこまで負担を強いるつもりなのだろう。私のことなど何も考えてくれたことはないのかもしれないと疑問を抱くようになった。

遺言書を作るため、市役所で我が家の登記状況を確認した。半分ずつ所有しているはずの土地家屋は三分の二が母名義になっており、このまま母が死んだ場合、私が家に住み続けるためには、下手をすれば姉から土地を買わなくてはならない状況になっていた。狭い土地とはいえ、場所が場所なだけに、退職金の一部をあてなければならない額にはなりそうだった。

最初に業者さんはすべてを私名義で登記したのだ。そのままにしておけば、相続税も取得税も一度で済んだのに、母が名義を主張して税金を二度払ってでも登記のやり直しをしたのだけれど、聞かされていた割合とはずいぶん違う現実がそこにあった。

私の老後の安泰すら母は取り上げるつもりなの。せめて老後の安心のため、土地だけでも名義を今のうちに変えてほしいと母に頼んだ。

初めは目をむいて拒絶された。

「遺言であんたのものにするよう書いてある。芳子がそんなことをするはずがない。今名義を変えるとお金がかかる」あれこれ理由をまくし立ててきた。

「どうせ私に譲るつもりなら、今譲っても同じじゃない。これまでさんざん姉貴のことをお金目当てだと言っておいて、なぜこの家の分を欲しがらないと言えるの。だいたいお父さんが死んだときに、姉貴の結婚が決まっていたのだから、せめて姉貴には相続分を渡しておけば、この家の権利がないと言えたかもしれないけれど、あの時一銭も渡していないんだから姉貴が権利を主張してもおかしくないでしょう。私は安心したいだけ」

これまでの私からは考えられない言動だった。母に不満があっても一言も言えず、我慢するしかなかった長い日々。母の本性が見えるようになってようやく、我慢せず不満を口にできるようになってはいたが、母に反論されればそれでおしまい。後はまた我慢の日々だったことを考えれば、母の意に反していることが分かっていて自分の要望を主張したのは、長い人生の中で初めてのことだった。

「これまでさんざん自分の人生を諦めて、お母さんに尽くしてきた。私がせめて自分の老後くらい安心して暮らしたいと思ってはいけないの。娘のために名義を変えてくれる気はないの」

何度も機会を見つけて母に訴えた。

最後には折れて、名義を変えることに同意してくれた、はずだった。

ネットで必要書類を調べ、ひな形に沿って作成し役所に相談に行った。申請には母の印鑑証明が必要だから取りに言ってほしいと頼んで待つこと1か月。今までだったら母がこんな態度に出た時は、ああ、くれる気がないんだな、と解釈して諦めていた。取り上げられた給料を返してくれと言った時もそうだった。口では返すと言いながらも1年以上知らん顔をされた。それも仕方がないと諦めていた。母があのお金を姉に譲ると言いださなければ、今も母の口座に入ったままになっていたと思う。だけどもう黙って母の思い通りにはなりたくなかった。

だが、何度も頭の中で聞き方を考えて、今日こそ言おうと家に帰ると母の様子を窺うのだが、その都度口に出すことができなかった。1週間以上そんなことを繰り返し、勇気を出して今日こそ言おうと心に決め、家に帰るなり母の様子を窺わずに声をかけた。

「印鑑証明は？」

「名義を変えるのはやめた。周りの人はみんな、変えたらいけないと言っていたし」

そう言って母は部屋にこもってしまった。

負けたらだめ、ここで負けたらまた、母の言いなりになってしまう。必死で自分に言い聞かせた。母が部屋から出てきた時にすかさず声をかけた。

「せめてやめたということを言ってくれてもよかったんじゃない。書類作成にどれだけの時間を使ったと思っているの。全部無駄になったわけね」

再度口争いを仕掛けた。旗色が悪くなるといつも母は部屋に閉じこもってしまう。この時も、

「もういいわ。印鑑証明を取ってくればいいんでしょう」そう言い捨てて部屋に入ってしまった。

これを三度繰り返した。最後に母は、

「もし、あんたが先に死んだらこの家は誰のものになる」と聞いてきた。

「私の相続人はあんたしかいないわ」

「それならいいわ」

翌日、ようやく母は印鑑証明を取ってきてくれた。


土地の名義変更後、今度は、遺言書作成に本腰を入れた。預貯金以外に何を書くかを考え始めると、自分の代で家を潰す、じわじわとその現実が見えてきた。

死んだ後のことを考えてみた。父が建てた墓のこと、父が買った仏壇、先祖の供養、そして自

分の葬式。墓じまいと仏壇供養、自分の葬式の手配を遺言書に書き込んだ。

確実に遺言が執行されるようにするためには、弁護士に正式な遺言書の作成と執行を依頼するしかなかった。何度か打ち合わせて遺言書ができあがった。遺言執行も依頼できた。後は、私が死んだとき迅速に弁護士へ連絡するにはどうするかを考える必要があった。

父の、そして先祖の永代供養も済ませた。父に祖父に祖母に、私が愚かだったせいで家を潰すことになったことを詫びた。

◇「毒親」という言葉を知り、私は我慢するのをやめた

図書館で遺言書の書き方の本を探していた時に、〝毒親〟という言葉が目に付いた。毒になる親を指す新しい言葉らしい。調べてみると信田さよ子という心理カウンセラーが『母が重くてたまらない』をはじめ何冊か虐待された子どもをテーマに本を出していた。自身の体験をコミックエッセイにした本も続々と出ていた。

何冊かを読んでみた。あまりに自分に当てはまることがあって、ようやく自分がどれだけゆがんだ人生を送ってきたのかが分かった。親を第一に考えるように自分で自分を縛ってきたのだ。奴隷のように生きることを義務と考えるように洗脳されてきたのだと気づいた。

ある本に、「フランスの諺に親孝行は3歳までで終わる、とある」と書かれているのを読んで涙

が出た。ずっと自分を犠牲にしてでも、親孝行をしていかないといけないと思い込んでいた。

本を書いた人たちは、ほとんどが若いうちに親との関係に疑問を持ち、独立して親から、呪縛から逃れる努力をした。結婚して親と距離を置くうちに関係が改善した例も書かれていた。

しかし、私にはそれができなかった。子どもの頃は父が私を守ってくれていた。母には何の発言権もなかった。父が単身赴任で家を出ても祖母がいる間は、家族仲の悪い、躾に厳しい家でしかなかったと思った。父が単身赴任で不在になり、母と祖母の立場が逆転し、自分の思うようにできるようになってはじめて、母の本性が表に出てきたのかもしれない。

姉は10代でそのことに気づき、母を見切り距離を置いたのだと思う。私は母の面倒をみなくては、との義務感が強すぎて母の本性に気づけなかった。大好きな人との人生さえ諦めざるを得なかった。離婚して心がぼろぼろになり、母との共依存生活を始めたため、どんどん母に毒されていったのだ。そのことに全く気づかないまま、無為に時間を過ごしてきた。

ネットで「毒親」を検索してみた。毒親度診断１００％。結婚を強要され体調不良を起こした人や親が原因で離婚した人、いろんな親がいてたくさんの子どもが苦しんでいる。自分のために人生を歩いてよかったんだ、私は逃げてもよかったんだ、辛いと言ってよかったのだと初めて知った。ようやくそのことに気づけた。

「これまで姉貴はさんざん好きなことをしてきて、私にすべての負担を押し付けてきた。私だけが人生を犠牲にして、二人とも何も犠牲にしたことなどないでしょう。あまりにも理不尽だ。今は元気かもしれないけれどこれから自由が利かなくなった時どうするかそろそろ考えてほしい」

必死の思いで母に伝えたが、母に私の思いは伝わらなかった。

「私に出ていけと言うのか。そんなことを言うならお前が出ていけ。周りの人もみんなそんな勝手なことを言う娘は追い出せばいいと言っているわ」

「子どもを産んでもいない私にお母さんの介護はできないから、老人ホームに入るなり姉と暮らすことなりを一度考えてほしいと言っているだけ。ホームに入るならお金は負担する。だけど姉にも応分を負担してもらってほしい、と言っているだけ。今のままずっと私だけが犠牲にならなくてはいけないと言うの？」

「芳子の家は狭くてとても住めたものじゃない。1階に住む部屋がない。夜中トイレに行けないのは不便だ。私におまるを使えと言うのか。そんなことをしたら芳子たちが嫌がるじゃないか。お前は一生私の面倒をみていればいいんだ。それが嫌なら出ていけ」

怒鳴りつけられた。こんな人のために私は人生を犠牲にしてきたのだった。私を必要としてくれたただ一人の人だったから、愛されたいと願って自分の気持ちを押し殺してきた。自分の馬鹿さ加減にようやく気づき自分の人生を振り返り泣き続けた。

でも、ここで負けたら今までと同じ、母の言いなりになってしまうと自分に言い聞かせて後日また論争を始めた。

「このまま、介護まで私一人に押し付けるのはあまりにも理不尽でしょ。少しは姉貴に負担させても罰は当たらないでしょ。あんたのために人生犠牲にしてきたのに、あんたは娘の幸せを考えてくれたことがあるの。寛さんと別れたのだって一番の理由はあんたなのに」

たまりにたまった不満が堰を切ったように口から出てきた。一度言ってしまうともう止まらなかった。泣きながら必死で母にこれまでの不満を訴えた。

「娘が四半世紀も泣き暮らしていることに全く気づいていなかったということでしょ。あんたのために人生どれだけ犠牲にしたか、少しは分かってくれって言っているだけよ」

少しは反省するか私を憐れんでくれるものと思っていた。だけど、母の答えはとてもシンプルだった。

「そんなこと、今さら言っても仕方がないでしょ。30過ぎたら自分の幸せは自分で探すものだ。私には関係ない」

母は私をこれまで以上に避けるようになった。私がいるときには部屋にこもって出てこない。私が帰宅しても、それまでは見張っていたかのように、部屋から顔を覗かせ「おかえり」と声をかけ、リビングの電気をつけていたけれどそれもなし。たまに、用があるときだけ何事もなかったように話しかける。あれをしておけ。これはどうする。自分の言いたいことだけを言ってリビングを出ていった。

トイレから部屋に戻る母に向かって、私はこれまで言えなかったことを少しでも分かってほしいと繰り返し訴えたが、結果はいつも怒鳴りあいに終わった。

私は何十年と抱えていた不満を吐き出そうと必死に言葉を紡いだ。その一言一言が母にとっては聞きたくもないことだったことは間違いない。

「そんな昔のことをいまさら言ってどうなる。執念深い。なんて恐ろしい子だ」

繰り返し私を責めるかと思えば、

「あの優しい子はどこへ行ってしまったの。あんなにいい子だったのに」

と涙声で嘆いて見せた。

これまで、母に非難されるようなことは極力しないようにしてきたし、母が不快になるだろうことは口にしてこなかったけれど、もう母がどう感じていようと関係がなかった。

「あんたがどれだけ寛さんと私の間に割り込んできたか。関係がおかしくなっていれば普通の親なら、二人でゆっくり話し合えと言うものだけれど、あんたは絶対に私たちを二人きりにしてくれなかった。あんたがいる家で私は何も言えなかった」

「言いたいことがあれば言えば良かったでしょ。当時は私も若くて何も分からなかったのよ」

「離婚は自分で決めたことだからあんたのせいではないけれど、一番の原因はあんただって言った時だって、何も聞かなかったでしょ。どれだけあんたのために人生諦めてきたことか」

「そんなことしてくれなんて言ってない。誰も人生を犠牲にしてくれなんて頼んでいない。この歳になってそんなことを聞かされるとは」

母は、テーブルに顔を突っ伏して泣き始めた。

私が必死で自分の気持ちを押し殺してきたことを、母のために生きてきたことを、全否定された。私はただ、私の気持ちを分かってほしかっただけだった。しかしこれだけ話しても、母から私への言葉はなかった。相変わらず私を責め、自分を憐れむだけだった。

本当に自分のことだけをこの人は考えて生きているのだな、この人にとっては私も姉も周りの人すべて、自分にとって有益かどうか、たぶんそれだけが判断基準なのだ。

お金をよこさない、タクシー代わりに使えない、私の利用価値が下がった分、姉を利用しようとすり寄っていっただけのことだ。この人にはどれだけ言葉を尽くしても、私の気持ちを理解してもらえることはないことがようやく分かった。

母は黙って部屋に入っていった。まだ言いたいことはあったけれど、気に入らないことがあると部屋に閉じこもってしまうのはいつものことだったので、これ以上話すことを諦めた。泣きながら気持ちを落ちつけようとしていると、ドアが勢いよく開いた。見ると母が仁王立ちをしていた。私の間違いを見つけて鬼の首を取ったかのような勝ち誇った形相で私を怒鳴りつけた。

「二人きりで話し合ったことはあるでしょ。隣の部屋に私と芳子がいて、あんた達二人で話して怒鳴りあっていたじゃない」

「あんたたちに話が聞こえる場所で話し合うのを二人きりとは言わない。あんたたちに聞かれる場所で本当のことなど話せなかった、そう言っているのよ」

言い返すと母はそのまま、部屋に戻った。

また、新たな涙が出てきた。こんな人のために人生を犠牲にしたことが情けなくて仕方がなかった。

その後も何度か母に不満をぶちまけた。怒鳴りあう中で30年前には聞かされなかったことが母の口からどんどん出てきた。

「私はあんたに何度も訴えた。寛さんに私と直接話をするように伝えてほしいって」と私が言うと、

「二人が話をしていないなんて私が知るはずがない」一度はそう言った母が次の時には、

「あんたが勝手に寛さんと話をしなかったんでしょ。私は関係ない」

「あんたは、離婚したいんだと思っていた」

そう言い捨てすごい形相で部屋に入っていったこともあれば、

「寛さんをお父さんに会わせた時、この人ならもし家を出たいと言われたら家から出してやれ、と言っていた」

二人で暮らすという選択肢があったことを父が示唆してくれていたことを初めて聞かされたこともあった。

一番ひどかったのは、「寛さんが自分と関係を持たないのを不思議だと言うから、痒かったからでしょ、と答えておいた」というものだ。

「なんでそんな見当違いのことを勝手に言ったの。寛さんはそれを信じたってこと。あんまりだ。あまりにもひどすぎる。どうしてそこまで聞きもしなかったことを勝手に言えるの」

目の前が真っ暗になった。母の言い方だと、私は結婚前から変な病気にかかっていてそれを隠して結婚したみたいではないか。そんなことではなかったのに。それに病院に通ったのはせいぜい、2、3回、1か月もしないうちに治っていたのに、母は病気にかかったことは寛さんに話しても治ったことは話していなかったのだ。それなら、離婚話のときも母は勝手に理由を作って寛さんに話したのかもしれない。何もかもが根底から覆された気分だった。

だったら、寛さんのあの「待つ」という言葉は、病気が治るまで待つの意味？　寛さんは私と別れる気がなかったの？

そんなはずはない。そんなはずはない。別れる気がなければ結婚指輪をはずすはずがない。私と一言もしゃべらず部屋に閉じこもってなどいないはず。母から私が話し合ってほしいと言っていることを聞いていなかったとしても、妻が離婚を口にしてそれでも無視していたことに変わりはない。寛さんはあの時絶対に別れたいと思っていたはずだ。そうでなければ私のやったことは、何だったというのか。ただの一人ずもうで大好きな人の気持ちを読み間違えたというのか。そんな、はずは、ない。

もしかしたら母は寛さんに私が直接話をしてほしいと頼んだことを伝えていないの？　離婚の理由を聞かれなかったのは、それも母が見当違いの理由を寛さんに話したからなの？　寛さんは母の言葉をすべて信じたから私と話をしなかったの？

私は自分の言葉を母が寛さんに伝えてくれていると信じていたからそれを前提に寛さんを非難した。離婚するしかないと思い込んだ。なんて馬鹿な事をしたんだろう。

◇30年の呪いと共依存からの脱出

母と話せば話すほど、自分がいかに愚かで人生を棒に振ったか、幸せをどぶに捨ててしまったのかが見えてきた。いまさらどうすることもできないのは分かっている。タイムトラベルなんて不可能なんだから、新婚旅行から人生をやり直すことなどできない。セカンドチャンスを手に入れるほど若くもない。私の時間は祐に捨てられた時で止まってしまったのだから。そんなことは嫌というほど分かっていた。だからせめて、母という重しを除いて老後くらい自分のために生きていきたかった。

毎日、自分の愚かさを呪って涙が出た。職場でも一人で作業をしていると、寛さんを思い出して自然と涙が溢れてくる。自分でかけた30年の呪いが発動したのか、それとも呪いが解けたのか、一気に心が30年前に戻ってしまった。特にお風呂に入っているときは、結婚していた頃のことを思い出し、ああすればよかった、こうすればよかったと妄想が膨らんだ。お風呂から上がって髪を乾かしながら、寛さんが私の風呂上がりの姿を見ていたシーンを思い出して毎日泣いていた。私が泣いている姿を横目に母は風呂に入っていった。私に一言も声をかけることなく。風呂から上がった母は、そのまま部屋に入ってテレビを見ていた。声を押し殺して泣く私の耳に母の笑い声が聞こえてきた。

もうこの家にはいられない。母と一緒に暮らすことなどもう無理だ。どうせ追い出されるのなら、寛さんと二人で出ていけていれば私の人生は大きく変わっていたのに。私はまた、自分の人生を後悔して泣いた。毎晩眠れない日が続いた。1時間2時間とベッドの中であれこれ考えてしまった。ようやく寝つけても2時3時に一度目が覚めることもあれば、4時か5時に目が覚めて眠れないまま起きだすこともあった。

突然、身体が熱くなったり、胸が苦しくて息ができなくなったりした。ドラマなどで見るパニック障害の軽いもののようだった。ドラマや本の文章といった些細なことがきっかけで涙がとめどなく流れた。体調不良の原因をネットで調べると決まって出てくるのが自律神経失調症とストレスの文字。心療内科へ行けば間違いなく病気と診断される状態になっていた。激痛に耐えられずとりあえず内科を受診した。心臓も肺もどこにも異常はなかった。

母から逃げたい、逃げなければ死ぬまで母の奴隷だ。このまま、死ぬまで母の面倒をみるだけの生活しかできないなんて本気で嫌だと思った。


私は賃貸マンションを探し始めた。

いざ探し始めるとなかなか思うような物件は見つからなかった。場所か家賃、条件のどれかを妥協しなければ無理かと諦めかけた頃、ようやく希望に近いマンションを見つけた。

初めは黙って引っ越すつもりだった。少しずつ準備を始めて母に気づかれないうちに逃げ出したかった。しかし、電気、水道、私の口座から引き落としていた生活費を母の口座に変更するためにも話さざるを得なかった。

何気なく世間話のように母に声をかけた。

「マンション見つけたから、言われた通り出ていくわ」

「あら、そう」

あまりにも簡単に受け入れられてしまった。こんなに簡単に許可を得られるのなら、もっと早く行動に移せばよかった。そう思う反面、こんな風に家を出ていいのだろうかと罪悪感が頭をもたげてきた。本当に家を出て母を見捨てていいのだろうか。今家を出なければこのままずっと母に飼われたまま一生を終えることになる。逃げ出さなければ、死ぬまで母の奴隷だ。自分の中で葛藤が続いてどうにも決められず、もう何年もまともに話をしていなかった姉に勇気を出して電話をした。

「マンション、見つけたの。来週契約しようと思うんだけど保証人になってほしいの。でもいざとなったら本当に出てしまっていいのか分からなくなった。私どうしたらいいの」

最後は泣き声になっていた。

私の電話に、何十年ぶりに姉が姉らしい態度を取ってくれた。

「ともかく一回ゆっくり話をしにおいで。契約は話をするまで待ってもらって、月曜日においで」

だけど、私が日を間違えていたため、不動産屋さんと契約する前に姉と話し合うことはできなかった。

姉に電話をした後も、私の心は引っ越すしかない、と思ったり出ていく罪悪感で押しつぶされそうになって引っ越すのをやめようと考えたり、迷いに迷っていた。

誰かに背中を押してもらいたかった。母との関係を少しでも話した友人たちは口を揃えて家を出ることを応援してくれた。それなのに、カーテンや家電製品など、独り暮らしに必要なものを買いそろえ、今度こそ母から逃げ出そうと希望を抱きながらも、私が独り暮らしを望むなら、絶対独り暮らしはできないはずだとの思いもあった。

それでも不動産屋と契約を交わし、電気、ガス、水道、引っ越し業者と手配をし、準備を少しずつ始めた。

私の望みは絶対に叶わない、私が望みを捨てない限り実現することはない。

生き方の癖とでもいうのだろうか。それともこれも呪いの一つだろうか。私は自分の人生の真理だと信じていたのだけれど。

自分の人生を振り返った時、寛さんと別れた後、私が望んだことで実現したことはすべて望みを捨てた後だということに気づいていた。何年も試験を受け続け、後から受けた人が合格しもう私は無理なのだと諦めた後にようやく合格したこともあった。諦めたまま結局叶わなかった望みのほうが多いけれど、いつもそんな風に考える癖ができた。だから今のように家を出たいと思っている限り家を出ることはできない、きっと邪魔が入ると考えてしまった。それが運命なのだと諦めてしまうことに慣れていた。

数日後、姉の家を目指し、車を走らせた。近くまでは迷うことなく行けたのだが、10年以上訪れなかった姉の家が見つけられない。周りの様子が変わり、何度も同じところをぐるぐる回ってみたが記憶にある姉の家が見つけられなかった。

電話しようとしてもパニックになり、姉の家の電話番号が思い出せない。数字は覚えているのに順番が分からなかった。何度も組み合わせを変えて電話し、ようやく姉につながった。教えられた家はさっき何度も前を通った家。家の記憶がよみがえってきた。改装して様子が変わっていたため分からなかったのだ。

久しぶりに入った姉の家は、昔以上にものが溢れ足の踏み場もない、すさまじいものだった。床の見えないリビング、テーブルにはいつ使ったかも分からないような食器が積まれていた。

そこ座って、と促されたのは小さな座卓の前。一応座布団が置かれていたが汚すぎて座る気にならなかった。それでも、姉の気を悪くしないように平気な顔をしながらも恐る恐る座った。昼なのにカーテンも開けず暗い中、姉はこの汚さを平然と受け止めているようだった。

手土産に買ってきたお菓子を手渡して、とりあえず保証人欄に記入と押印を頼んだ。電話では、翻意を促すようなことを言っていたが契約を交わすことを知った姉は、すんなり署名と捺印をしてくれた。

私たちは互いに、もう何十年も母からしか互いのことを聞いていなかった。もともとお世辞にも仲のいい姉妹とはいえなかったが、母の離間の計は完全に成功していた。

「あんたがそんなにしんどいなら、お母さんと一緒に暮らしてもいいけれど、10年前に引き取るって言った時、あんたなんて言った。あんた、あたしにお金目当てだって言ったの忘れたの」

そんなことを言われた記憶も言った記憶もなかった。私の記憶にあるのは、私が40を過ぎてから、結婚するつもりならいつでも母を引き取るつもりでいたことを告げられて、「母の面倒をみてくれる気があるなら、もっと早くに言ってくれればよかったのに」と思わず涙を落としたこと。

一度相続の放棄を頼んだことはあった。その時のことを姉は話していたのだ。家を建ててすぐの頃だった。あの頃、母はしきりに姉が前の家を売ったお金を一銭も自分にくれなかったことを怒っていると私に話していた。母からさんざん姉がお金のことを言っていると聞いていたので、母に万一のことがあった時、相続分をお金でよこせと言われるのが怖くて、姉に家に対しての相続放棄を依頼しておいたほうがいいと周りからアドバイスをもらって、姉に話に行った時のことを指していたのだ。

あの時、「突然呼び出してお金の話をするなんて何を考えている」そう言って怒って姉は席を立ったのだった。

その時に母を引き取る話が出たのかもしれない。あの頃は、母と姉は反目しあっていると信じていたから、母の言葉を信じ姉が我が家のお金を狙っていると信じ込んでいた。そのことを言っているのだ。

姉に当時は母が言っていたことをうのみにしていたと弁解しても許してはくれなかった。

今の思い、母との生活に疲れたこと、自分の老後を安定させたいこと、少しは負担を分け合っ

てほしいことなどを訥々と話した。母からあらかたは聞いていた姉は、

「あんたもようやくあの人がなかなかの人だってことに気づいたってことでしょ。お互いお母さんから話を聞くだけだから話がこじれるのよ。今度から言いたいことがあったら直接言いに来なさい。お互い記憶に残ることなんて違うのよ。お母さんとあんたの言い分だって両方から話を聞かない限り分からないじゃない」

「お母さんに介護が必要になった時のことを心配しているようだけど、そんなのその時になって考えればいいじゃない。今決める必要なんかないでしょ」

「あんた、お母さんが老人ホームに入ったら私と折半で費用払うって言ったみたいだけど、そんなこと勝手に決めないで。私はびた一文出す気はないから。引き取れって言うならこれからお母さんと一緒に暮らしてもいいけれど、この家では無理だから適当な家を見つけるまでは我慢して」

たたみかけるように言葉を浴びせてきた。費用を折半しろなどと私は一度も言ってはいなかった。今後も私だけが母の面倒をみるのはあまりに理不尽だから、せめて姉にも応分の負担を求めただけだったが反論するゆとりはなかった。


私が幼少期からどれだけ我慢を強いられてきたかを話しても、

「あんたが子どもの時お母さんを独占していたせいで、私がどんなにさびしい思いをしたと思っているのよ。あんたなんか邪魔だったわよ。だけどお父さんがいたから我慢していたのよ」

「あんたが近所の子たちにどれだけ嫌われていたか分かっているの。あんたにその性格、直すよう言ったけれど全く直さなかったでしょ。最初はかばってあげたわよ。そうしたら、私がなんて言われたと思う。姉ばかって言われたの。だからあんたを見限ったのよ」

「離婚の時だって相談する友達もいなかったんでしょ」

友達がいなかったわけではなかった。ただ、24歳の私が夫婦間のことを相談しようにも、結婚していてそこまで話せる人がいなかっただけだ。それに夫が私より母と仲良くしているのが辛い、などあまりに惨めでとても人に話せることではなかった。

何も答えずにいると、「今は相談できる友達ができたわけ」と聞いてきた。かすかにうなずくと、「それはよかったわね。その人たちを大事にしなさい」と言った。

それから姉は、母から聞いていたであろう私の離婚理由についても文句を言い始めた。

「あんた、私が男とやってるところを見てセックスできなくなったって。だけど、私は高校出て働いていたんだから、家で何しようが構わないでしょ。あんたがどう思おうと私に責任はないし、非難されるいわれなんかないわ」

「あんたなんかさっさと寛さんにやられてしまえばよかったのよ。寛さんが優しいからつけあがって」

母は自分が覗かせたことが原因で私が男女関係に臆病になったことを話さず、姉の行動が原因だと問題を転嫁して姉に話していたことに気づいた。相変わらず、母は自分に都合のいいように話を作り変えていたのだ。

言い返したかった。だけど、口には出せなかった。長年の習性で、姉に言い返すことなんてできなかった。ただ、言葉を飲み込んでじっと耐えた。

私は何も言えないまま姉の家を辞し車を走らせた。もう引っ越しを止めてくれる人はいなかった。そう、私は心の片隅で姉に引っ越しを引き止めてもらうことを望んでいた。家を出ていきたいのも事実。母から逃れたいと望んだのも本心、家を出ていくのを惨めだと思う気持ち、そして母を捨てる罪悪感もあった。自分で本当はどうしたいのか、何が正解なのか分からなかった。

◇ぬぐいきれない罪悪感

引っ越しの日が迫る。母の目を盗んで、段ボールに荷物を詰め、新たに買った生活用品を借りた部屋に運んだ。じっくり掃除をしてみると思った以上に汚い部屋だった。押し入れの中は何度拭いても雑巾が真っ黒になる。ドアや壁など小さな傷があちこちから見つかった。自分が建てた家を出て、こんなところに住むのかと思うと少し自分が惨めになってきた。

母から逃げること、それを最優先に考えれば今私が負担なく払える金額で借りられるまずまずのところと妥協しなくてはならなかった。でも掃除をすればするほど部屋が魅力的に見えなくなっていった。

母は、家があるのに独り暮らしをするなんて贅沢だ、と私を責めたかと思えば、気弱に電子レンジも洗濯機も持っていっていい、なんでも必要なものを持っていきなさいと言った。また、別の時には、寂しそうに、あんたが出ていかなくても私が出ていく。そのほうが家賃の少ないところに住める。安い中古店で電気製品を買って暮らすから、と私の罪悪感を刺激した。

もう、どうしていいか分からなかった。仏さまにGOサインを出してもらいたかった。

マンションがまちなかと聞いて、近い場所なら私がそのマンションで暮らすとも言いだした。ところが町名を告げた途端、そんなところには暮らせない、と言い放った。この人は、私がなぜ出ていこうとしているのか全く分かっていないのだということに今更ながら気づいた。娘がなぜ自分が建てた家を出てまで一人で暮らそうとしているのか全く理解していないように見えた。

もっと早く自分がいかに母に支配されていたか、自分の気持ちを押し殺してでも親に仕えていかなくてはならないという思い込みがまともではないと気づくべきだったのだ。母のために自分の人生を犠牲にするのは仕方がないと思い込んでいた。それが私の運命であると信じていた。私の基準は母が望むか否か、それだけだった。私が家を出ることを母が望んでいるのかいないのか、それが分からなかったから家を出ることを躊躇したのだった。

口ではあれを持っていけこれを持っていけと言いながら、日増しに弱っていく母の姿を見ていると罪悪感に押しつぶされそうになった。母を捨てる罪悪感に耐えかねて、友人に相談した。罪悪感を持つ必要なんてないよ。自分の人生なんだから、好きに生きていいんだよ。そんな風に後押しされても罪悪感はぬぐえなかった。そして、結局家を出ることはできなかった。

「引っ越すのはやめた」

私が母に告げた時、母は勝ち誇ったように、

「そうなると思ったわ。大体家があるのに部屋を借りるなんてお金の無駄よ」

と言い放った。

悔しかった。この人は私がどれだけ苦しんでいるかなど全く気にしていない。自分の生活が守られればそれでいいんだ、私はそれが分かってしまったのに逃げられない。奴隷根性が染みついて飼い主から逃げることができない。このまま死ぬまで飼われているしかないのか。悔しくてたまらなかったけれど、部屋も引っ越し業者もすべてキャンセルして礼金や生活用具を買ったお金、相当な出費をしただけに終わった。


引っ越す予定だった翌日、うまく逃げ出せていたら今日からは新しい生活を始められていたのに。そんな後悔が胸いっぱいに広がり、職場でイライラしていた。いつもよりほんの少し急ぎ足で歩いていたら、次の瞬間とんでもない痛みが襲ってきた。足を変な方向にひねってしまった。とても歩ける状態ではなかったけれど、痛みをおして家に帰った。

これは、引っ越しをすればよかったというサインだったのだろうか。幸い骨は折れていなかったけれど1か月階段の上り下りにも苦労した。もちろん母が心配して声をかけてくることはなか

った。たぶん怪我をしていたことにも気づいていなかった。

毎日階段の上り下りを、痛みをこらえてやっている時にふと、年を取ったら今以上に足腰が弱くなるに決まっている、2階への上り下りが辛くなる日がいつかやってくるなら、やっぱり今のうちにマンションを探すべきではないかと思った。母に惑わされないで生活する場を探そうと心に決めた。

私は完全に母を無視した。私の生活からシャットアウトした。母は何事も起きていないかのように、今までと変わらず毎日どこかに出かけていた。自分の生活を守っているようにしか見えなかった。母はこれまでも自分の生活を守ることしかしていなかったのだ。それに私が気づかず、私のことを考えてくれていると勘違いをしていただけだったのかもしれない。


正月に連絡が取れなくなっていた友人から年賀状が届いた。足を怪我してしまったので今年は年賀状を出せません、そんなことを書いてメールを送信したけれど、スルーされてしまった。

彼女と出会ったのは離婚して間もない頃だった。初めは気の合う友達として付き合っていたが、彼女の結婚を機にお寺に誘ってからだんだん母とも顔を合わせるようになっていた。子どもができてからはなおさら、私の知らないうちに家に来て母と話して帰るようになっていた。子どものいない私に話をしても無駄だからと言っていると母からは聞かされて、仕方がないと諦めていた。

私が母への反抗を始めた頃、家に遊びに来ていた彼女に向かって母は、「子どもの育て方を間違えた」と私の目の前で言った。少し前に口論になった時、私が「育て方を間違えられた」と言った時には、「あんたなんか育てていない。あんたを育てたのはおばあちゃんと父親だ」と言い放っていたのに。

よっぽど、「誰を育てたの」と聞いてやろうかとも思ったけれど、友人の前で母を非難することはできなかった。彼女も変なことを聞いた、とでも言いたそうな、少し不快そうな様子が顔に表れていた。そして、その後電話をしてもメールをしても完全に私を無視するようになっていた。

母はいつも無意識に私の周りの人を取り込み、私を孤立させた。姉も寛さんも母の言葉だけを信じた。母は考えて行動していたわけではない、本能で自分の立場をよくする行動をとっていただけだった。私と母の両方を知る人はみんな母の味方になっていった。母を知らない人までが「お母さんによろしく」「お母さんを大事にね」と私に声をかけた。その一言が大きなプレッシャーになっていた。それがどんなに辛いことか誰も気づかなかった。時々、なんで私は生きているのだろう、死んだほうが楽じゃないのかな、と思うくらい苦しみは大きくなっていた。

母に呪縛され、母と信仰の両方から洗脳されていたのだとようやく気づいた時にはすべてが遅すぎた。人生をやり直す時間などもう私にはない。

呪縛されていたことを意識し、逃れることを決心した途端に、独身時代の気持ちがよみがえってきた。ただ、ひたすら寛さんを求めていた。この年になってこんな気持ちになるとは思わなかった。先生が言っていたのはこういうことだったのかとようやく知った。
三人で暮らし始めた時、私は娘と妻を同時にできずに悩み、娘でいることを選んだ。それがすべての間違いの始まりだったと気づくにはあまりにも時間が必要だった。私は絶家の因縁に取りつかれ、親の面倒をみる義務に取りつかれ、生まれたことの罪悪感に取りつかれていた。自分を一番に考えてよかったのだと、友人に言われてはじめて気がついたくらい私は馬鹿だった。

母は家族に対しては非難と命令しかしないけれど、見ず知らずの他人に対してはとても愛想がよかった。家族に愛嬌をふりまく必要を感じていなかったのだろう。家族に親切にしたところで何の得にもならないと思っていたのかもしれない。母の基準は自分にとって、損か得か、それとお金しかなかったのだと私はようやく気づいた。
私は物事の判断を損得で考えたことがなかった。むしろ小さいときから貧乏くじを引くことになるなと分かっていながら、相手の望みを考えてそっちを選択することがよくあった。考え方が違いすぎて、母が私の思いを理解する日など永遠に来ないことがようやく分かった。

石原加受子の本を手に取った。貧乏になるための三原則「争って奪い合うこと」「我慢すること」「罪悪感を覚えること」貧乏を不幸とか不運と読み替えれば、まさに私の人生だ。だけど私は自分を不幸だと思ったことはなかった。小さい頃は病弱で死にかけたがその後命にかかわるような病気にかかったことはないし、月々決まった収入があり経済的不安はない。ただ、不運だっただけ。幸せを感じることができないだけだと考えていた。

幸せってどんな感覚だっけ。最後に幸せを感じたのっていつだっけ。ああ、祐と一緒にいた時だ。あの後、楽しいことや面白いことはあったけれど、幸せだと感じたことは一度もなかった。むなしい人生だった、そんなことを思って眠りについたら寛さんの夢を見た。そばに寛さんの存在を感じた途端、ああ幸せってこういうことだったんだと感じていた。心が温かくなった。次の瞬間目が覚めた。我に返って涙が出てきた。

◇今度こそ逃げよう

私は、もう一度部屋を探し始めた。母にも友人にも一言も話さず。夜中に目が覚めた時などネットで部屋を検索していると心が落ち着いてきた。

身体はますますおかしくなっていった。胸が痛い。パニック障害のように息ができない。のどに異物を感じて1日中痰が出た。

睡眠不足がたたって職場でウトウトするようになっていた。このままではだめだ。心だけでなく身体も悲鳴を上げていた。母は100歳までも生きるほどに元気で、なんとなく自分が先に死ぬような気がしてきた。逃げなかったら本当に死ぬかもしれない。その思いが部屋探しの原動力になった。

ようやく見つけた物件は前の部屋より家賃が高くて狭かったけれどきれいだった。幸い保証人も不要だったので、すぐ契約することにした。母に見つからないよう引っ越しの準備を進めた。引っ越し業者が段ボールを持ってきても母は何も言わなかった。引っ越しの日にちも知らせなかった。

引っ越し前日、「明日私は家を出る。今度こそ逃げる」そんな決意を持っていた。

近所でお世話になった人のところへ挨拶に行き、一人になる母のことを頼んで回った。母は電気製品を持っていくのなら新しいのを買ってこいと言い、準備で忙しかったが母を連れて家電量販店へ車を走らせた。翌日には配送してもらえることになったがそのせいで引っ越し当日は両方の家に荷物が届くのを見届けるため、家と引っ越し先を3往復する羽目になった。

新しい部屋に荷物がすべて運び込まれ、手伝ってくれた友人も帰った。こんなにあっけなく家を出られるなんて考えもしなかった。

一人になって思うのは、30年前にこうして寛さんと二人で家を出ればよかったのだということばかり。部屋を探し、家具、電化製品、日用品など様々な道具を揃え、電気、ガス、水道、銀行の手続きをした。寛さんは苗字も変わったから一層大変だったはず。名前の変更を私は二度もさせてしまった。家を出ていくときもなんのそぶりも見せなかったから、引っ越しがこんなに大変だとは予想もしなかった。それが寛さんにとっての幸せへの道だと信じていたのに、要らぬ苦労をさせてしまったことを本当に申し訳なく思った。

なぜ母の面倒をみることイコール同居と考えていたのか不思議なくらいだった。まだ母は病気になっていなかったし、今の私より若かったのに。だけど理由は分かっていた。姉が結婚して一人暮らしを始めた母は、私が大学を卒業して帰ってくるまでに体調を壊していたからだ。あの頃の私は母を、誰かに尽くすことを生きがいにしている人だと思っていたから、その対象がいなければいけないのだと思い込んでいたのだった。一緒に暮らすことは当然と信じ込んでいたからだ。もし、私が何も見ず、何も聞かず、何も読まず、母にとって都合のよい娘のままでいたならば母親が毒親だったことに気づくこともなかった。今のように自分の人生を振り返り、嘆き後悔することもなく人生を終えることになっただろう。だけど私は気づいてしまった。

一週間後、初めて家に戻った。近くまで行くと動悸がしてきた。涙が自然と溢れてきた。玄関から様子が変わっていた。茶の間など私のものがあった場所は母のもので埋め尽くされていた。

「部屋の換気くらいしろ。部屋にカビが生える」

家に入った私に母が言ったのはその一言だけだった。

しばらくして、近所の人から、母は私が家出をしたと言いふらしていると聞いた。週に一度は家に戻るけれど三度に二度は出かけていて不在。顔を合わせても、相変わらず自分の言いたいことしか言わなかった。どこに住んでいるのかとか私を心配する様子は全く見せなかった。母に会うたび、この人のために私は自分の人生を犠牲にしたのかと自分が情けなくなった。自分がいかに愚かだったかを考えるたび頭が痛くなった。

1か月が過ぎ、ふと自分の変化に気づいた。引っ越して2、3日は今まで通り4時5時に目が覚めたけれど、その後はしっかり7時まで眠れるようになっていた、もう胸が苦しくなることもなかった。気がつくと痰もほとんど出なくなっていた。祐との悲惨な別れからずっと続いていた耳鳴りも、この部屋で暮らすようになってから全く聞こえていない。

こんなにも私の心と身体は悲鳴を上げていたのかと、驚いた。なんだか体中で背負い込んでいた重い荷物を下ろした気分だ。父が生きていた時のように、気分が楽になっていた。こんな気分になるのは大学生の時以来かもしれない。

独身時代は、来るもの拒まず去る者は追わず、を信条として生きていた。自分から声をかけたのは寛さんだけ。去ろうとしていることが分かっても執着したのは寛さんと祐だけだった。人生を振り返りながら、少しずつ少しずつ自分を取り戻していこう。寛さんに見限られたと思い込んで、失った自分自身を思い出していこう。ふとフラッシュバックのように寛さんを思い出すと胸が苦しい。動悸がする。涙が溢れてくる。それをこの部屋でゆっくりと癒していこう。

私の周りには誰もいない。家を出た私を母も姉も無視している。私は今、思い込みで寛さんにでたらめを吹き込んだ母に対して、どういう態度を取ればいいか分からないでいる。そして、長女のくせにすべての義務、責任を妹に押し付けて、好き勝手に生きた姉に対し憤りを感じている。姉も母から私が家を出たことは聞いただろうに何も言ってこない。母を引き取るという話も反故にされたのだろう。だけど今度は私が姉にすべてを押し付ける番、母に何が起ころうと姉にすべてを任せてしまいたいと強い気持ちを持とうと思う。

ようやく心療内科の門をたたいた。長い間慢性的な軽いうつ病にかかっているようだと診断された。

ああそうか、私はやっぱり精神的におかしくなっていたのだ。当然だ。大好きな人と結婚できたのに、夢にまで見た結婚生活を母に取られてしまったのだから。夫に全く必要としてもらえなかったのだから。おかしくならないはずがなかった。

私は、母が原因でおかしくなり、寛さんの言動に自分で自分を勝手に追い詰めていったのだ。ああすればよかった、こうすればよかったと繰り返しいろいろな場面を思い出し、30年間、後悔してはあの時の気持ちを追体験して泣いていた。助けて、寛さん助けて、あの時の気持ちを思い出しては泣いていた。なんでこんな苦しい思いをあえてするんだろう、思い出さなければ苦しまなくて済むのに、そう思っても無意識に心があの当時に戻ってしまっていた。いや、数歩進んではあの時に戻り、本当はまだあの当時から一歩も進めないでいたのだ。

3か月が経ち、一人暮らしにも少し慣れ、少しずつ冷静に人生を振り返ることができるようになった。頭の中に長い間かかっていた靄が少しずつ晴れていくように感じていた。

私はずっと自分の家庭を持ちたかったのだ。こんな風に自分の巣を作りたかったのだ。こんな部屋で寛さんと二人で暮らしていたら、夜寛さんが部屋にこもって仕事をしていても全く気にならなかっただろうと思った。

私は寛さんのそばにいることを許されていることが分からずに、話をすることも何もかも、してはいけないと思い込んでいたから。新婚旅行から帰ってきた日に言えなかった一言、「お母さんの前で寛さんにどんな態度を取ればいいか分からない」。あのとき私は母の前では娘でいることを選択した。それは、寛さんに見せていた女の顔を封印することでもあったのだ。寛さんが私に興味を持たなくなるのも当然だった。

無知は罪だ。純情で純粋培養のように育てられた娘は、親と同居して性生活ができるほど図太い神経を持ち合わせてはいなかった。姉だったら母の存在など気にせず夫婦生活ができただろうが、私には絶対に無理だったのだ。そんなことも分からないほど無知だった。結婚の意味も分からず、ただそばにいたいという思いだけで足が地についていなかったのだ。自分の足で立とうともしなかった幼すぎた私が馬鹿だったのだ。

あの頃、母は母なりに一生懸命娘の幸せを考えてくれて行動していたのかもしれない。ただそれがすべて裏目に出ていただけ。娘を立てるのではなく、自分が前に出すぎただけ。私が考えすぎていたのかもしれない。思い込みで人生を棒に振ったのは私。自業自得だ。寛さんは私の親だったから母に気を遣ってくれていただけかもしれない。

自分のことだけしか見えなくて、寛さんを傷つけたことさえ当時は分からなかった。彼の気持ちを考えるゆとりがなかった。男のことなど何も知らなかった。

今でも繰り返し考える。なぜ寛さんは、私を非難しなかったのか、逃げた理由を聞かなかったのか。触れもせず、触れたいとも言わなかったのはなぜなんだろう。私を自分のものにしたいと思ったことはなかったのだろうかと。それとも私が気づかなかっただけで、私のことを思ってくれていたから、ずっと私のために耐えていてくれたのかな。

寛さんが一度、部屋で私を見つめた目を最近よく思い出す。当時は無言で私を責めているのだと思っていた。だけどあれは、欲しいものが目の前にあるのにおあずけを食らっている犬のような気持ちだったのかもしれない。

それとも寛さんも、気づかぬうちに母に支配されていたのだろうか。三人で暮らし始めた途端に態度が変わったのは、そのせい？

引っ越して半年、家がくつろぐ場所だったのだとようやく思い出した。こんな風に心が静かなのは学生時代以来だった。こんな部屋で寛さんと暮らしたかったんだな。しみじみと自分の人生を振り返る。10歳で生まれたことに罪悪感を抱いてからずっと、生まれてこられなかった兄の代わりをしなければいけないと思い込んでいた。家を継ぐ＝親の面倒をみる＝親と同居する、と考えていた。ほかの選択肢なんかないと思い込んでいた。どうしても跡継ぎが必要だったらもう一度男の子を作るという選択を両親がしたはずなのに、女の子二人で構わなかったから子どもを作るのをやめたんだろうに、自分が悪いと思い込んでいた。母の言葉に束縛されていた。

私の判断基準がおかしかったんだ。冷静に考えてみれば、父が母に私を産めと言ってくれて私が生まれたなら、父が言わなければ母は私を堕ろしていたのに、ずっと母のおかげで私はこの世に出ることができたと信じこまされていた。

学生時代の自分を思い出す。なんにでも興味を持ち、好奇心旺盛で、やらずに後悔するより、やって後悔するほうを選んでいた。私はいつから空っぽの人間になったのだろう。ずっと自分の人生を捨てて、生きているとはいえない状態に居心地の良さを感じていた。コンクリートの壁の中で傷つくことを恐れて身動きできずにいた。ずっと誰かがコンクリートの壁を壊して助けてくれるのを待っていた。

何から助けてほしかったのかがようやく分かった気がする。私は母から私を解放してくれる人を待っていたのだ。サマセット・モームの『ルイーズ』の中で長年の友人がルイーズに向かい、母親なら娘のために恋人と結婚させろと言うように、母に対し娘の幸せを少しは考えてやれと言ってくれる人の出現を願っていたのだ。寛さんに繰り返し心の中で助けてと叫んでいたのはそういうことだったんだ。

自分の力だけで逃げ出すのにはこれだけの年月が必要だったんだ。母の存在を感じていた時の私は本当の私ではなかった。学生時代の私、寛さんのそばにいられた私が本来の私だった。でもあの頃の私にはもう戻れない。

寛さんと私の結婚を知る数少ない人と久しぶりに話す機会があった。彼も奥さんの家に養子に入り、ご両親と長年同居していた。奥さんと母親の不仲を長年見ていた人だった。

「私だって、親と同居していなかったら離婚なんかしなかったわ」

思わず口にしてしまったら、

「そうやろな」

即答だった。あまりに軽く肯定されてしまい、思わず涙が溢れた。この人がこんなに軽く同意することに、寛さんは全く気づいてくれなかったことが本当に悲しかった。

寛さんの奥さんが羨ましい。私が手にしたはずのものをすべて手に入れた人。私がのどから手が出るほどに渇望していた、二人きりの結婚生活を当然のこととして享受できた人。私が夢に見た二人だけの新婚生活を何の苦もなく手に入れた人。

もしも人生がおさまるところにおさまるようにできているならば、彼の人生は今の奥さんとともに歩むように決められていたのだろう。私との結婚と同時に転任した学校で出会った人。結婚生活で苦しんでいた様子を最初から最後まで職場で見ていたことだろう。きっと、傷ついた寛さんの心をゆっくり癒してくれたに違いない。二人の出会いもまた、運命だったのだ。彼女こそが寛さんの運命の人だったのだと納得するしかない。

私との失敗をすべて取り戻すため、寛さんは絶対に婚前交渉を持ったはず。親に夫を取られる苦悩など考え付きもしないだろう。寛さんの子どもを産み一緒に育てられた人。その生活に何の疑問も持たず幸せを手に入れた人。同じ跡取り娘でなぜこんなにも違うのだろう。

実家の隣に家を建て、玄関先に花を植える家庭的な人。きっと家族との仲も円満なのだろう。寛さんはいい夫、いい父親になったはず。寛さんはしっかり幸せを手にできたはずだ。

私にとって、寛さんと別れたことは最悪の選択、不運の始まりだったけれど、寛さんにとって新しい人生を別の人と歩いたことは正しい選択だったと、寛さんの幸せのためには、私たちが離婚したことは間違っていなかったと確信している。私の心は闇だらけだから。寛さんは光の世界の人。心に闇を持つ私はふさわしくなかったのだ。だから私が寛さんに見捨てられたのは必然。運命だったと思う。出会ったことも運命だけど、それは一生寛さんを思いながら生きていく運命を与えられてのものかもしれないと思う。

寛さんにとって私って何だったのかな。私が慕う寛さんは生まれた時の姓を名乗っていた頃の寛さん。もうこの世には存在しない人。

私はあんな素敵な人にほんのひと時でも愛された、その記憶があるだけでいい。何かの本で、出征して死んだ婚約者を思い続け一生独身をとおした老婦人が、「どんな馬鹿なことでも30年続ければ本物になるんですよ」と毅然として若者に話すシーンがあった。高校時代に出会ったときから、もう35年が経つ。寛さんに出会えたことに感謝して、思い出を抱えて残りの人生を過ごそう。だけどもしも、私が跡継ぎ娘でなかったら、寛さんと二人きりで暮らせていたら、私は世界一幸せな人生を歩めたと信じたい。だって、「お母さんは？」って聞かれることはなかったもの。

人生はやり直せない。私は貴重な時間を無為に過ごしてきた。経験から学ぶことも考えることも戦うこともしなかった私にはセカンドチャンスは与えられなかった。でもこれからセカンドライフを探すことはできるのかもしれない。死にたいって思いを抱えながら、自分の気持ちに正直に生きていくことを実行してみようと思う。

これで、母の呪縛を受けていた娘の話はおしまい。これから始まるのは、家族のしがらみを捨てた一人の人間の物語。

私の最後の望み、夢

突然、自宅の電話が鳴った。

「もしもし、Nさんのお宅ですか。私Oと申します。順子さんの遺言執行人です。昨日順子さんが亡くなりました。故人の希望により最後のお別れをお願いしたくご連絡いたしました」

指定された斎場は、二人が結婚式を挙げた場所に建てられたところだった。案内された会場は、十人も入れないほど狭い和室だった。

棺は閉じられている。友人らしき女性が二人、所在なく座っている。お母さんはもう亡くなったのか。お姉さん夫婦の姿も見えない。家族は誰もいないのか。

電話をしてきたらしい男が近づいてきた。

「Nさんですか。お忙しい中ありがとうございます」

その声が聞こえたのか二人の女性が顔を上げた。互いに言い交わすこともなく棺に近づいていく。

「順子ちゃん、よかったね。寛さんが来てくれたよ。最後に会えてよかったね」

僧侶の読経が始まった。枕経のみの短い読経。この後荼毘に付すだけだという。

「故人は、あなたとの結婚指輪を骨壺の中に入れてほしいと遺言書に書いています。よかったら骨を拾ってあげてもらえませんか」

「いや、この後予定があって」

適当に答えて、挨拶もせず斎場を出た。

寛さんへ

初めに、言えなかった言葉を伝えます。あなたを傷つけてごめんなさい。ひどいことを言ってごめんなさい。

たぶん、あなたの中では私とのことはなかったことになっていると思います。もしかしたら私の存在自体忘れてしまっているかもしれません。私のことは、あなたの人生の中で唯一の汚点になっているのでしょうね。あなたは私が望んだとおり離婚した後、前を向いて別の人生を歩いているから。私の「時」は、あなたと別れた時間から全く動いていないけれど、あなたの「時」は確実に30年分動いているだろうから。

いまさらこんな風にあなたに気持ちを打ち明けるつもりなんかなかった。何度も寛さんに伝えないでおこうと思いました。忘れてしまった過去を思い出すのも嫌だろうし、幸せな人生を送っている寛さんが今さら知りたいことでもないだろうし。

でも母から聞かされたこと、私の知ることとあなたに母が伝えたこと、語ったことがあまりにも違うということを知ったから。せめてあの時、どんなに話したくても話せなかったこと、話してはいけないと信じ込んでいたこと、私の気持ちを知ってもらいたいと思いました。あなたに本当のことを伝えないまま死ぬのはあまりにも辛いから。仕事以外で初めて、周りの人の気持ちを考えることなく、周りの人に迷惑がかかると分かっていても、貫き通したい私のただひとつのわがままです。

人の一生を考えれば、あなたが私のそばにいてくれたのはほんの一瞬のことだった。だけど、私の心の中にはずっとあなたがいた。本当に馬鹿なふるまいであなたを失ってしまったことを一生後悔し続けていると言ったら、また、「勝手なことを言うな」って言いますか。

そう言われてもかまいません。何も言ってもらえないよりましだから。

新婚旅行で私が「やだ」って言った時、私がベッドから逃げ出したとき、あなたが何を思っていたのか、なぜ何も言わなかったのか。なぜ私に理由を聞いてくれなかったのか。なぜ一言も自分の気持ちを話してくれなかったのか。今でも繰り返し考えてしまいます。なぜ一度もあなたの気持ちを確かめなかったのかと。

ただ、知ってほしかった。あの頃何も言えなかったわけを。私が毎日どんな思いで過ごしていたのかを。

せめて、母があなたに言った数々の思い込みを、誤解を、死ぬ前に解きたかった。

あなたと出会わない人生なんて考えられない。一生泣き続けることになったけれど、それでも私に思い出をくれてありがとう。あなたと出会えてよかった。人生でたくさん後悔することがあったけれど、あなたと出会ったことを後悔したことは一度もありません。

そして、最後まで読んでくれてありがとう。いつまでも幸せでいてください。

順子

おわりに

母との関係に悩み苦しみ相談した時に、「そんなに苦しいのなら一度自分の気持ちを書いてみたら」とアドバイスを受けた。苦しくて涙が止まらずパニックを起こすたびにＰＣに向かい、時系列に思いを綴った。書くたびに当時のことを思い出し苦しくて何度も涙を流し、「もう書けない」とＰＣを閉じた。苦しいから書く。書いては苦しくなる。その繰り返しだったが、吐き出すことで少しずつ冷静に考えることができるようになりました。

自分の思考回路がいかにおかしかったか。特に結婚後の思考はまともではなかった。どう考えても結婚１か月で夫に話しかけるのにありったけの勇気を振り絞らなければならないなど、まともな精神状態ではなかった。どこから歯車が狂っていたかは今となっては分からないが、結婚準備で母の存在感が大きくなるにつれ、私はおかしくなっていったと思う。自分の精神状態がおかしいということに気づかないほどおかしくなっていきました。

それと同時に、私の中で母の存在が最重要となった。自分で母の支配下に入り、洗脳と言ってもいい状態を自分で作り上げていった。ドラマや小説で人生は一度きりだから自分のために生きよう、といったことを何度聞いても目にしても、私には許されないこととずっと思い込んでいた。心が可能性をシャットアウトしていた。親は子のために自分の人生を犠牲にできると書いてある本を読んでも、我が家は子が親のために人生を犠牲にしなければならないと読み替えていた。

生まれてきたことさえ否定されてきた私だけれど、死んで何も残らないのがあまりにも辛くて、せめて生きた証を活字に残すことにしました。本名を出すのはいろいろ支障があるので、私の名前をはじめ、登場人物の名前はすべて仮名にさせていただきました。


初めはタイトルを、毒親毒姉毒妻とつけようと思っていましたが、素敵なタイトルをつけていただきました。子どもの頃は運命共同体で優しい面もあったし、私のことを思ってくれていたであろう母を毒親にしてしまったのは、私の弱さのせいでもあると思うと、母に申し訳ない気持ちもあります。それに私も元夫にとっては間違いなく毒にしかならない妻だったと思います。

結婚すれば毎晩のように夫婦生活を持つことも、夫婦が同じベッドで寝るのが当然であることも、離婚してから知りました。まさか性教育を妻に施さなくてはならないほど私が無知であることなど、夫にわかるはずはなかったでしょうから。

人魚姫が魔女に声を奪われたように、私は母の存在により声を失いました。人魚姫の思いが王子様には届かなかったように、話ができなくなった私の思いは大好きな人に届きませんでした。

母から離れ、ようやく冷静に物事を考えることができるようになりました。

今、私は寛さんに土下座程度では済まないくらい申し訳ないことをしてしまったのだとしみじみと感じています。

ただこれはあくまでも私の事実であって、母の、姉の、そして寛さんの事実はきっと全然違うことをご承知おきください。

また、記憶違いもあるかもしれませんが、わかりやすさを優先しあえて事実とは違う表現をした部分があることも申し添えます。

この本を読んでくれた方がもし親との関係に悩んでいるなら、一度距離を置くことをお勧めしたい。私のようにだらだらと自分を嘆くだけで何の解決策も講じないまま、人生を棒に振ってしまうことのないように。もし、子どもをお持ちなら親の些細な一言が子どもにどんな影響を及ぼすかを少し考えてください。子どもは親が考える以上に親の言葉の裏を読んでいます。子どもの選択肢を狭めないであげてください。

こんな馬鹿で愚かな人生ですが読んでくださった方の人生の軌道修正の役に立てば幸いです。

最後にこの本を出版してくださった方、特に私のつたない文章を指導し、的確な指摘をくださった大澤様、本当にありがとうございました。

そして、手に取ってくださった方々に感謝申し上げます。

【毒親問題で悩んでいる方に勧めたい本】

「毒になる親」　スーザン・フォワード　講談社
「母が重くてたまらない」　信田　さよ子　春秋社
「母は娘の人生を支配する」　斎藤　環　NHK出版
「逃げたい娘 諦めない母」　朝倉 真弓・信田 さよ子　幻冬舎
「母がしんどい」　田房 永子　KADOKAWA
「ゆがみちゃん」　原 わた　KADOKAWA
「NOと言えなかった私」　武嶌 波　イースト・プレス
「そして〈彼〉は〈彼女〉になった」　細川 貂々　集英社インターナショナル
「母が重い」　下園 壮太　家の光協会
「親を殺したくなったら読む本」　石蔵 文信　マキノ出版
「金持ち体質と貧乏体質」　石原 加受子　ベストセラーズ
「子供の死を祈る親たち」　押川 剛　新潮社
「謎の毒親」　姫野 カオルコ　新潮社

【著者略歴】

越田順子（こしだ・じゅんこ）

1960年代とある地方都市に生まれる。

幼いころから親孝行ないい子と評価されることが一番大事なことと信じていた。

学生時代に父を失った後、自分の食い扶持を稼ぐだけでなく、母親の面倒をみてきた。

高校時代に知り合った人と7年越しの恋を実らせ結婚するも、母との同居による葛藤から離婚。人生で手に入れた最高の宝物を手放した後、まともな結婚生活が送れなかったコンプレックスと母との共依存関係でがんじがらめになり、プライベートでは転落の人生を送るも、社会的には安定した職を持ち、40代で市内中心部に家を建て母と暮らす孝行娘を演じてきた。「自分の望みは叶わない」と思い込み四半世紀を泣き暮らしたが、人生の後半になってようやく母の支配から逃れ自分の人生を取り戻す努力を始めた。

365日、本を読まない日はないという読書好き。愛読書は「アンジェリク」「グインサーガ」「時の車輪シリーズ」「イブ＆ローク」他多数。


毒母（どくはは）育ちの私が 家族のしがらみを棄（す）てるまで

2017年9月19日　第1刷

著者　越田順子

発行人　山田有司

発行所　〒170-0005
株式会社彩図社
東京都豊島区南大塚3-24-4MTビル
TEL：03-5985-8213　FAX：03-5985-8224

印刷所　シナノ印刷株式会社

URL http://www.saiz.co.jp　https://twitter.com/saiz_sha

ISBN978-4-8013-0250-1 C0011